Muriel Spark

Née en 1918 à Édimbourg, Muriel Spark était poétesse, nouvelliste, biographe d'Emily Brontë et de Mary Shelley. Elle fait ses études à la James Gillespie's High School for Girls, puis épouse en 1938 Sidney Oswald Spark, qu'elle suit en Rhodésie (aujourd'hui Zimbabwe). Ils ont un fils, nommé Robin, mais le mariage se révèle un désastre et Muriel Spark retourne en Grande-Bretagne en 1944. Elle commence à écrire sérieusement après la guerre, sous son nom d'épouse, d'abord de la poésie et de la critique littéraire, et devient rédactrice de la *Poetry Review* en 1947. En 1954, elle décide de rejoindre l'Église catholique, événement qu'elle considère comme crucial dans son évolution vers l'écriture romanesque. Son premier roman, *The Comforters*, est publié en 1957, mais c'est *Les Belles Années de Mademoiselle Brodie* qui la rend célèbre en 1961. Depuis, plusieurs de ses romans ont été adaptés à l'écran. Elle a reçu en 1992 le prix T. S. Eliot, ainsi que le British Literature Prize pour l'ensemble de son œuvre en 1997 à Londres. Le prix Muriel Spark International Fellowship a été créé en 2004 et attribué pour la première fois en mars 2005 à la romancière canadienne Margaret Atwood. Muriel Spark est morte en 2006 en Toscane, laissant un roman inachevé.

30/09/20

Les Belles Années de Mademoiselle Brodie

Muriel Spark

Les Belles Années de Mademoiselle Brodie

Traduit de l'anglais (Royaume-Uni)
par Léo Dilé

Préface de Christine Jordis

PAVILLONS POCHE

Robert Laffont

Titre original : THE PRIME OF MISS JEAN BRODIE

ISBN 978-2-221-24848-5

Dépôt légal : septembre 2020

Préface

Pendant un temps on la considéra comme un épigone du Nouveau roman. Dans un pays où expérimenter en matière de technique romanesque est plutôt mal vu, ce n'était pas précisément un compliment. Entre 1957, année où parut son premier roman, *Les Consolateurs*, et 1984, quand elle publia *L'Unique Problème*, Muriel Spark écrivit quelque quinze ouvrages. Tous portaient une marque bien spécifique qui ne tenait pas tant aux thèmes traités qu'à une construction romanesque particulière, liée à sa vision du monde. Et cette vision est unique. C'est qu'elle participe de deux points de vue peu souvent rapprochés : l'un surnaturel, qui fait fi du temps et de son déroulement, l'autre réaliste, qui suit au plus près une période de l'Histoire. « C'est un auteur qui n'a qu'un pied sur terre », a dit d'elle l'écrivain C.P. Snow. D'un roman au suivant, c'est un mode qui domine, ou l'autre, et de l'écart entre les deux, où tout va se jouer, provient le sentiment d'étrangeté qui naît à leur lecture. Devant la précision des descriptions, la froideur du regard, l'absence d'émotion comme de commentaire, on évoqua Robbe-Grillet. Bien sûr on se trompait, le rapprochement ne résistait pas à l'analyse. L'originalité de Muriel Spark est totale.

Le Bel Âge de mademoiselle Brodie (1961) est situé entre deux autres ouvrages formant comme un tableau général de la vie d'une femme, une sorte de triptyque des âges traversés. Muriel Spark, qui aimait l'humour noir et en usait volontiers, commença par les derniers instants de la vie : dans *Memento Mori* (1959), l'on voit quelques vieillards se préparer tant bien que mal à une mort prochaine. « Rappelez-vous qu'il faut mourir » : c'est par cette phrase sans réplique qu'un mauvais plaisant, lors de coups de téléphone anonymes, les importune à intervalles réguliers, et bien sûr plusieurs de ces vieillards vont mourir, ce qui n'est pas tout à fait illogique. Au contraire, *Les Demoiselles de petite fortune* (1963) présente un groupe de jeunes filles à la fin de la guerre. Quant à miss Brodie, une maîtresse d'école, modeste réplique du Duce, il nous est donné de la contempler dans sa splendide maturité. Elle règne de main de maître sur le petit groupe de ses élèves préférées, dont on suit l'évolution au cours des années 1930, tandis que, à l'arrière-fond de la scène centrale, s'imposent le fascisme de Mussolini et celui d'Hitler, que se déroulent la guerre d'Espagne et la lutte contre Franco (en faveur duquel miss Brodie enverra au front l'une de ses disciples) et que sévissent dans la vieille ville d'Édimbourg, où se situe l'action, le chômage, la misère et la faim.

Ce ne sont là cependant que le fil conducteur et le contexte de l'intrigue. À partir des événements historiques auxquels il est fait allusion, puisant dans des existences dont nous sont racontés les premiers pas, l'auteur, loin de s'en tenir à une stricte linéarité, va et vient librement dans le temps. Ainsi Mary McGregor, l'une des disciples de miss Brodie, qui a dix ans au seuil de l'histoire, en a vingt-trois l'instant d'après, quand elle perd la vie dans l'incendie d'un hôtel. Cette mort précoce, annoncée d'emblée et rappelée à chaque mention de son nom, va tout au long de l'ouvrage contribuer à définir ce personnage, par ailleurs falot, sans pour autant le parer de tragique. Simplement, tout est déjà joué et la vie de Mary McGregor, comme celle des autres personnages, se conforme à un schéma établi de toute éternité par un auteur démiurge. Les hommes, qui se prennent pour des agents libres, ne sont en réalité que des instruments de la Volonté. Serait-ce la volonté de Dieu ? Ou bien celle de l'auteur ? Pour Muriel Spark, qui bénéficie de ce pouvoir divin, les temps sont simultanés, elle n'est pas soumise à l'exactitude de la chronologie, mais elle n'entend pas non plus construire un univers imaginaire. En fait, telle une voyante, elle se porte au-devant du destin de ses personnages, elle « voit » ce qui n'est pas encore advenu mais va nécessairement se produire, et elle révèle ainsi la trame de vies encore irréalisées. Ce n'est donc pas la fiction qui copie la réalité, comme on retracerait des faits indubitables : bien plutôt elle la devance, et tôt ou tard la réalité vient s'y ajuster. L'auteur-narrateur est ici le maître du jeu et l'ordonne tel qu'il l'a pressenti, sans tenir compte d'un principe de causalité ou d'un enchaînement logique. Passé, présent et futur se mêlent. Le déroulement temporel n'a pas lieu. La fin est là, donnée d'avance. On va donc se déplacer librement dans l'épaisseur des temps. « Ce qui est fait est sur le point de se faire, et l'avenir est en passe d'être échu », nous dit Lister, le majordome impassible de cette épure de roman, cette farce chargée d'humour noir qu'est *Ne pas déranger* (1971). On y voit un groupe d'êtres diaboliques comploter la mort de la famille Klopstock, leurs patrons, pris dans une mauvaise histoire de mœurs – mais quelle importance ? Il ne s'agit pas même d'un crime puisque tout est à l'avance inscrit dans le temps et depuis toujours décidé, plus exactement d'une exécution.

Voici donc les membres du clan Brodie, les six filles que miss Brodie éblouit et manipule. Nous sommes en 1930, elles ont dix ans. Les voici l'instant d'après, en 1936, alors que se sont affirmées devant le monde ces qualités et faiblesses qui germaient en elles. C'est la façon dont elles portent leur chapeau qui les définit le mieux, et quelque particularité physique, quelque disgrâce marquante, comme Muriel Spark aime à en infliger à ses personnages. La description répétitive, à quelques variantes près, de ces traits singuliers les accompagne tout au long du récit, contribuant à créer une impression de distance et de comique. Voici donc, à seize ans comme à dix, Monica Douglas. « Elle avait un nez tout rouge été comme hiver, de longues nattes brunes et de grosses jambes pareilles à des poteaux. » Elle porte son panama plutôt haut sur la tête ; qu'il soit perché comme s'il était trop petit n'a rien d'étonnant : Monica sait bien que, de toute manière, elle paraîtra grotesque. Et voici Rose Stanley, « célèbre par le sexe », qui, quant à elle, porte discrètement son chapeau, et Eunice Gardiner, « petite proprette, célèbre pour sa natation prestigieuse », dont le bord du chapeau est relevé par-devant, ou encore Sandy Stranger, qui tiendra un rôle central dans l'histoire et maintient son chapeau « relevé tout autour, et aussi loin que possible en arrière sur sa tête ». Sandy est « seulement connue pour ses petits yeux presque inexistants », des « yeux anormalement petits », sera-t-il à nouveau précisé, de « petits yeux porcins et clignotants », des « yeux minuscules » qui pourtant voient tout et qui, parmi tant de paires d'yeux aveugles et abusés, sauront percer à jour les manœuvres de miss Brodie – des yeux si petits, comme fermés, que même la toute-puissante impératrice, la divine miss Brodie ne peut y lire ce que pense Sandy. Sandy chante, vocalise, récite des poèmes, imagine, écrit (entre autres l'histoire des amours de miss Brodie), s'invente des amoureux, que ce soit Alan Breck ou le manchot M. Rochester de *Jane Eyre*, qui lui tient compagnie, assis à côté d'elle dans le jardin ; elle aime le romantisme, les poèmes de Tennyson, et s'entretient familièrement avec la Dame de Shalott... Bref, Sandy vit une riche vie imaginaire en même temps que sa vie d'écolière, qui n'a pourtant rien de banal puisqu'elle est nourrie des récits extraordinaires contés par miss Brodie. Et puis il y a Jane Gray, la plus jolie des filles du clan, qui va devenir actrice et qui porte « le bord de son chapeau violemment rabattu par-devant ». Enfin, la malheureuse Mary McGregor, « dont la renommée reposait sur le fait qu'elle était une empotée silencieuse, une nullité que tout le monde pouvait blâmer ». L'auteur ne montre aucune pitié pour la bêtise : c'est que le plus souvent la personne bête ne sait pas jouer du réel, mais seulement s'y soumettre. Et encore : « Mary, assise tout avachie, était trop bête pour inventer quoi que ce fût. Elle était trop bête pour jamais mentir ; elle ignorait comment dissimuler. » Une bêtise si parfaite qu'elle va même désarmer miss MacKay, la directrice de l'école Marcia Blaine, qui espionne la royale miss Brodie, la jalouse et tente de provoquer la chute de ce tyran aux méthodes trop peu conformes. Au reste, Mary McGregor, courant dans un sens, puis, après avoir fait demi-tour, dans l'autre sens, ne rencontrant dans la fumée de plus en plus épaisse que la fournaise de l'incendie, trouvera sa fin lors de son troisième demi-tour : « [...] elle se heurta à quelqu'un, trébucha, et mourut... »

Quant à miss Brodie, comme elle le dit et le répète, elle est dans son bel âge, celui qui la rend apte à former « la crème de la crème ». C'est un moment de la vie dont il faut vite prendre conscience, qu'on doit vivre pleinement et, surtout, ne jamais laisser échapper. Miss Brodie est impérieuse et fascinante, une brune aux traits fins, dotée d'un grand nez et d'une grande bouche. Elle est Jeanne d'Arc, elle est le Duce (qu'au reste, elle admire), elle est Jules César, elle se métamorphose selon le regard qui se pose sur elle, tantôt d'une beauté remarquable tantôt à peine visible, tantôt plate de poitrine, l'instant d'après dotée de « seins vastes et visibles », mais toujours elle incarne une figure qui commande, possède et manipule. Ses théories sur l'éducation, qu'elle expose en détail à ses élèves, analysant méthodiquement racine, préfixe, suffixe de chaque mot, la justifient pleinement – à ses propres yeux en tout cas. Car s'il est une qualité dont elle manque, c'est bien le sens critique. Emportée par ses convictions, elle ne se juge pas elle-même, pas plus qu'elle ne sait juger des autres ou de la situation. Après la guerre, elle le reconnaîtra : « Hitler était en effet plutôt néfaste », alors que pendant un temps, elle eut la certitude que le nouveau régime sauverait le monde.

Mais il ne faudrait pas croire que miss Brodie est seule de son espèce : parmi bien d'autres, c'est une vieille fille d'Édimbourg dans les années 1930, endeuillée par la guerre, qui se lance, par compensation sans doute et de façon intrépide, dans les idées nouvelles et les pratiques innovantes. L'une de ces célibataires pleines de lubies qui « se rendaient à des conférences, tâchaient de vivre de miel et de noix, prenaient des leçons d'allemand, puis partaient en Allemagne faire des randonnées à pied… », à moins que, s'installant dans les meublés des quartiers pauvres de la ville, elles n'achètent des pots de peinture et n'enseignent l'art inutile de la décoration intérieure… Telle qu'elle est, miss Brodie déchaîne de ferventes amours. Le professeur de dessin de l'école, le beau Teddy Lloyd, catholique et père d'une progéniture nombreuse, dont la passion pour miss Brodie est condamnée à rester platonique (bien qu'elle soit partagée), ne s'en remettra pas ; quant au pauvre M. Lowther, le professeur de chant, célibataire pour sa part, dont elle deviendra la maîtresse, il a, hélas, les jambes trop courtes – surtout si on les compare aux longues jambes de Teddy Lloyd –, si bien que les filles, passionnées de découvertes sexuelles, doutent fort que miss Brodie puisse jamais prendre goût à son corps (et là, elles ne se trompent pas). Tous deux, loin de s'arrêter au fait qu'elle est ridicule, resteront sous son joug, témoins en sont les portraits que voudra réaliser Teddy Lloyd de chacune des disciples du clan : comme le lui dit Sandy aux « yeux porcins » en apprenant son intention, « nous aurions l'air, je suppose, d'une seule grosse miss Brodie ». Et bien sûr elle aura raison : chacune, sur son portrait, ressemble en effet à miss Brodie. « Il vint à l'esprit de Sandy que le clan Brodie, c'était les fascistes de Mlle Brodie, toutes en train de marcher au pas, non pas à l'œil nu mais toutes liées ensemble dans l'intérêt de Mlle Brodie et, d'une autre manière, en train de marcher au pas. »

Pourtant, malgré la fascination qu'elle exerce en son bel âge, miss Brodie, comme tous les tyrans, fussent-ils séduisants, sera un jour trahie. Tel est le début d'une déconfiture d'emblée prévisible. Mais qui a trahi miss Brodie ? Serait-ce l'une de ses filles ? On ne l'apprendra qu'à la toute fin de l'histoire. Jeu de l'auteur plutôt que véritable suspense : qu'importe en effet l'identité de celui ou celle qui tire les ficelles, puisque, plus que la psychologie des personnages, compte la vérification, stimulante pour l'esprit, du bon fonctionnement de l'intrigue : celle-ci, qui s'inspire d'un modèle pris dans l'Histoire, devait nécessairement aboutir à la catastrophe finale mais, comme toujours chez Muriel Spark, la démonstration est faite sur un mode distancié et comique.

Dans la vie, Muriel Spark était un peu devin, un peu médium, un peu sorcière… et bien sûr elle l'était plus encore en tant qu'auteur. Au fil d'une conversation, on l'entendait répondre à ce qui n'était pas encore dit, à ce qu'à part soi l'on pensait, à ce que l'on aurait souhaité garder caché. Sur le fil du rasoir, elle amenait insensiblement son interlocuteur, qui, désemparé, n'en pouvait mais, à aborder ces sujets qui, à l'instant même, tout intérieurement, l'occupaient ou même, secrètement, l'obsédaient. C'était étrange, cette façon qu'elle avait de percevoir l'invisible et de le faire surgir. Engager une conversation de longue haleine avec elle était une première étape, un guide très sûr pour se plonger dans la lecture de ses romans.

Christine Jordis

Un

Les garçons, pendant qu'ils parlaient aux filles de l'école Marcia-Blaine. se tenaient de l'autre côté de leur vélo dont ils empoignaient le guidon, ce qui élevait entre les sexes une barrière protectrice constituée par la bicyclette, et donnait l'impression qu'à tout instant les garçons étaient à même de s'en aller.

Les filles ne pouvaient enlever leur panama, parce que les grilles de l'école n'étaient pas loin, et que l'absence de chapeau constituait une infraction. On fermait les yeux sur certaines déviations par rapport à la disposition convenable du chapeau sur la tête, chez les élèves de quatrième année et au-delà, à condition que nul ne portât son chapeau de biais. Mais il existait d'autres variantes subtiles, par rapport à la règle ordinaire consistant à porter le bord relevé derrière et rabattu devant. Chacune des cinq filles, qui se tenaient tout près l'une de l'autre à cause des garçons, avait une façon nettement différente de porter son chapeau.

Ces filles constituaient le clan Brodie. Ainsi les avait-on appelées avant même que la directrice ne leur eût donné ce nom sur un ton de mépris quand elles étaient passées, à douze ans, de l'école des petites à l'école des grandes. À cette époque, elles avaient été reconnaissables au premier coup d'œil en tant qu'élèves de Mlle Brodie, étant largement informées sur quantité de sujets très éloignés du programme d'études réglementaire, ainsi que disait la directrice, et inutiles à l'école en tant que telle. On constata que ces fillettes avaient entendu parler des buchmanites et de Mussolini, des peintres de la Renaissance italienne, des avantages pour la peau de la crème démaquillante et de l'hamamélis de préférence à l'eau et au savon tout simples, et du mot *menarche*[1] ; la décoration intérieure de la maison londonienne de l'auteur de *Winnie l'ourson* leur avait été décrite, ainsi que les vies amoureuses de Charlotte Brontë et de Mlle Brodie en personne. Ces fillettes avaient eu vent de l'existence d'Einstein et des arguments de ceux qui considéraient la Bible comme inexacte. Elles connaissaient les rudiments de l'astrologie, mais non point la date de la bataille de Flodden ou le nom de la capitale de la Finlande. Toutes les fillettes, sauf une, du clan Brodie comptaient sur leurs doigts, ainsi que l'avait fait Mlle Brodie, avec des résultats plus ou moins justes.

Lorsque, à seize ans, parvenues en quatrième année, elles s'attardèrent après la classe au-delà des grilles et se furent adaptées au régime orthodoxe, elles demeu-

1. Premières règles. *(N.d.T.)*

rèrent indubitablement Brodie et furent toutes célèbres à l'école, c'est-à-dire qu'on les tint en suspicion et guère en sympathie. Elles n'avaient pas d'esprit d'équipe et très peu de points communs entre elles, hormis la persistance de leur amitié avec Mlle Jean Brodie. Celle-ci enseignait toujours chez les petites. On la tenait en grande suspicion.

L'école de filles Marcia-Blaine était un externat partiellement doté, au milieu du XIXe siècle, par la riche veuve d'un relieur d'Édimbourg. Avant sa mort, elle avait été une admiratrice de Garibaldi. Son portrait hommasse, exposé dans le grand hall, était honoré lors de chaque fête de la Fondatrice par un bouquet de fleurs durables, telles que chrysanthèmes ou dahlias. Ces fleurs étaient disposées dans un vase au-dessous du portrait sur un lutrin qui supportait également une bible ouverte sur le texte suivant, souligné à l'encre rouge : « Oh ! où trouverai-je une femme vertueuse ? Car elle est plus précieuse que les rubis. »

Les filles qui s'attardaient sous l'arbre, épaule contre épaule, très près l'une de l'autre à cause des garçons, étaient toutes célèbres pour une raison quelconque. Maintenant, à seize ans, chargée de la discipline, Monica Douglas était surtout célèbre à cause des mathématiques, qu'elle pouvait faire de tête, et pour ses colères qui, lorsqu'elles étaient suffisamment violentes, la poussaient à distribuer des claques de droite et de gauche. Elle avait un nez tout rouge été comme hiver, de longues nattes brunes, et de grosses jambes pareilles à des poteaux. Depuis qu'elle avait seize ans révolus, Monica portait son panama plutôt plus haut sur la tête qu'il n'était normal, perché comme s'il eût été trop petit et comme si elle avait su que, de toute manière, elle paraissait grotesque.

Rose Stanley, elle, était célèbre pour le sexe. Son chapeau était disposé tout à fait discrètement sur ses blonds cheveux courts, mais elle en creusait des deux côtés la calotte.

Eunice Gardiner, petite, proprette, célèbre pour sa gymnastique de farfadet et sa natation prestigieuse, relevait par-devant le bord de son chapeau, et le rabattait par-derrière.

Sandy Stranger le portait relevé tout autour, et aussi loin que possible en arrière sur sa tête ; pour ce faire, elle avait fixé à son chapeau un élastique qu'elle se passait sous le menton. Parfois, elle mâchonnait cet élastique et, lorsqu'il était hors d'usage, elle en cousait un nouveau. Seulement connue pour ses petits yeux presque inexistants, elle était célèbre pour ses sons vocaliques qui jadis, dans un lointain passé, à l'école des petites, avaient enchanté Mlle Brodie. « Allons, venez, je vous prie, nous réciter quelque chose : la journée a été fatigante.

« Délaissant toile et métier à tisser,
Traversant de trois pas la chambre,

Elle aperçut les nénuphars en fleur,
Elle aperçut le casque et le plumet,
Et vit, en bas, Camaalot. »

« Ça vous élève l'âme », avait coutume de commenter Mlle Brodie avec un mouvement centrifuge de la main à partir de sa poitrine en direction de la classe de fillettes de dix ans qui guettaient la sonnerie libératrice. « … Là où l'imagination fait défaut, leur avait assuré Mlle Brodie, les peuples périssent… Eunice, venez donc exécuter une culbute afin de nous apporter une détente comique. »

Or, à présent, les garçons aux bicyclettes insultaient jovialement Jenny Gray à propos de sa façon de parler qu'elle tenait de ses cours de diction. Elle allait devenir actrice. Elle était la meilleure amie de Sandy. Elle portait le bord de son chapeau violemment rabattu par-devant. Il s'agissait de la plus jolie et de la plus gracieuse des filles du clan ; telle était sa réputation. « Ne soyez pas grossier, Andrew », répliqua-t-elle de son ton hautain. Il y avait trois Andrew sur les cinq garçons ; ces trois Andrew se mirent alors à contrefaire Jenny : « Ne soyez pas grossier, Andrew », tandis que les filles s'esclaffaient sous leurs tressautants panamas.

Survint Mary Macgregor, le dernier membre du clan, dont la renommée reposait sur le fait qu'elle était une empotée silencieuse, une nullité que tout le monde pouvait blâmer. Elle se trouvait accompagnée d'une élève extérieure au clan, Joyce Emily Hammond, la fille très riche, la délinquante de l'école, de fraîche date envoyée à Blaine en dernier recours étant donné qu'aucune autre école, aucune gouvernante, ne pouvait en venir à bout. Elle portait encore l'uniforme vert de son ancienne école. Les autres élèves étaient en violet foncé. Tout ce qu'elle avait fait jusque-là, c'était de lancer parfois des boulettes de papier au professeur de chant. Elle tenait à ce qu'on l'appelât par ses deux prénoms, Joyce Emily. Cette Joyce Emily faisait des pieds et des mains pour s'introduire au sein du célèbre clan, et croyait que ses deux prénoms pourraient faire d'elle quelqu'un ; mais c'était hors de question, et elle ne comprenait pas pourquoi.

« Voilà une maîtresse qui sort », annonça Joyce Emily en indiquant du menton les grilles.

Deux des Andrew poussèrent leurs vélos jusque sur la route, et s'en allèrent. Les trois autres garçons restèrent d'un air de défi mais en détournant les yeux comme s'ils s'étaient arrêtés pour admirer les nuages, au-dessus des collines de Pentland. Les filles se regroupèrent, comme en pleine discussion. « Bonjour, dit Mlle Brodie en s'approchant du groupe. Voilà plusieurs jours que je ne vous ai pas vues… je crois que nous ne retiendrons pas ces jeunes gens, avec leurs bicyclettes. Au revoir, les garçons. » Le célèbre clan s'éloigna avec Mlle Brodie ; Joyce, la nouvelle délinquante, suivait. « Je ne crois pas connaître cette nouvelle… », dit Mlle Brodie en examinant Joyce avec attention. Et quand on les eut présentées l'une à l'autre, elle ajouta : « Eh bien, nous devons nous sauver, ma chère. »

Par-dessus son épaule, Sandy regarda Joyce Emily marcher puis sautiller, toute en jambes et peu maîtresse d'elle-même pour son âge, dans la direction opposée ; et le clan Brodie fut laissé à sa vie secrète ainsi qu'il l'avait été six ans plus tôt, au cours de l'enfance de ses membres.

« Je mets de vieilles têtes sur vos jeunes épaules, leur avait déclaré Mlle Brodie à cette époque, et toutes mes élèves sont la *crème de la crème*[1]. »

Sandy, plissant ses petits yeux, considéra le nez tout rouge de Monica, et se rappela ces propos en suivant le clan dans le sillage de Mlle Brodie.

« J'aimerais vous avoir à dîner demain soir, les filles, dit Mlle Brodie. Assurez-vous d'être libres.

— La Compagnie théâtrale, murmura Jenny.

— Envoyez une excuse, dit Mlle Brodie. Je dois vous consulter au sujet d'un nouveau complot qui se trame en vue de me forcer à démissionner. Inutile d'ajouter que je ne démissionnerai pas. » Elle parlait calmement, comme elle le faisait toujours, nonobstant l'énergie de ses propos.

Mlle Brodie ne discutait jamais de ses affaires avec les autres membres du personnel, mais seulement

1. En français dans le texte. *(N.d.T.)*

avec ces anciennes élèves, qu'elle avait formées pour en faire ses confidentes. Pour l'écarter de Blaine, il y avait déjà eu des conspirations qui avaient été déjouées.

« L'on m'a de nouveau conseillé de solliciter un poste à l'une des écoles progressistes, où mes méthodes conviendraient mieux qu'à Blaine. Or, je ne solliciterai pas de poste dans une école farfelue. Je resterai dans cette usine à éducation-ci. Il faut qu'il y ait du levain dans la pâte. Donnez-moi une fille d'un âge influençable, et la voilà mienne pour la vie. »

Le clan Brodie eut un sourire témoignant de divers degrés de compréhension.

Mlle Brodie obligea ses yeux bruns à lancer des éclairs, afin de conférer à sa voix douce un accompagnement significatif. Elle avait l'air d'une femme énergique, avec, au soleil, son profil romain basané. Le clan Brodie ne doutait pas un seul instant que Mlle Brodie l'emporterait. Plutôt attendre de Jules César qu'il sollicite un poste dans une école farfelue, que de Mlle Brodie. Elle ne démissionnerait jamais. Si les autorités voulaient se débarrasser d'elle, il faudrait l'assassiner.

« Quel est le gang, cette fois ? demanda Rose, célèbre pour son sex-appeal.

— Nous parlerons demain soir des personnes qui s'opposent à moi, répondit Mlle Brodie. Mais soyez sûres qu'elles ne réussiront pas.

— Non, fit tout le monde. Non, bien entendu qu'elles ne réussiront pas.

— Pas aussi longtemps que je serai dans la force de l'âge. Ces années-ci, pour moi, sont encore celles de la force de l'âge. Il est important pour chacun de nous de reconnaître ses années de plein épanouissement, souvenez-vous-en toujours... Voici mon tram. Je suppose que je n'aurai pas de place assise. Nous sommes en 1936. L'âge de la chevalerie est révolu. »

Six ans plus tôt, Mlle Brodie avait mené sa nouvelle classe au jardin pour lui donner sous le gros orme une leçon d'histoire. En route, à travers les couloirs de l'école, elles passèrent devant le bureau de la directrice. La porte en était grande ouverte et la pièce, vide.

« Mes petites, dit Mlle Brodie, venez regarder ceci. »

Elles se rassemblèrent autour de la porte ouverte, cependant que leur maîtresse désignait une grande affiche fixée au moyen de punaises sur le mur du fond de la pièce. Cela représentait une grosse figure d'homme. Au-dessous, les mots « Sécurité d'abord ».

« Ceci, c'est Stanley Baldwin, qui, devenu Premier ministre, ne fut pas long à cesser de l'être, expliqua Mlle Brodie. Mademoiselle Mackay le garde au mur étant donné qu'elle croit au mot d'ordre "Sécurité d'abord". Mais la sécurité n'est point primordiale.

La Bonté, la Vérité, la Beauté sont primordiales… Suivez-moi. »

Ce fut le premier indice, pour les fillettes, d'une brouille entre Mlle Brodie et le reste du personnel enseignant. Et même, pour certaines d'entre elles, ce fut la première fois qu'elles prirent conscience qu'il était possible, pour des personnes liées ensemble par l'autorité des adultes, d'avoir un différend quelconque. Prenant intérieurement bonne note de ce fait, et avec le sentiment émoustillant de subodorer quelque peu une querelle sans être mises en danger par elle, les fillettes suivirent la dangereuse Mlle Brodie dans la sécurité de l'ombre de l'orme.

Souvent, par cet automne ensoleillé, quand le temps le permettait, les petites filles prenaient leurs cours assises sur trois bancs disposés autour de l'orme.

« Levez bien haut vos manuels, disait Mlle Brodie très fréquemment cet automne-là, tenez-les bien en l'air entre vos mains pour le cas où des importuns surviendraient. S'il en survient, nous sommes en train de suivre notre leçon d'histoire… de poésie… de grammaire anglaise… »

Les fillettes levaient bien haut leurs manuels ; elles n'avaient pas les yeux sur eux mais sur Mlle Brodie.

« … Pendant ce temps, je vous parlerai de mes dernières vacances d'été, en Égypte… Je vous parlerai des soins de la peau, et des mains… du Français que j'ai rencontré dans le train pour Biarritz… et je dois vous parler des tableaux italiens que j'ai vus. Quel est le plus grand peintre italien ?

— Léonard de Vinci, mademoiselle Brodie.

— Inexact. La réponse est Giotto : c'est mon préféré. »

Certains jours, il semblait à Sandy que Mlle Brodie avait la poitrine plate : pas le renflement, aussi droite que son dos. D'autres jours, sa poitrine révélait la forme de ses seins, vaste, très visible ; quelque chose pour Sandy, assise là, à épier à travers ses yeux minuscules, tandis que Mlle Brodie, par une journée de leçons à l'intérieur, se tenait bien droite, sa tête brune bien haute, en regardant fixement par la fenêtre, pareille à Jeanne d'Arc, pendant qu'elle parlait.

« Je vous ai souvent dit, et les vacances qui viennent de s'achever m'en ont apporté la conviction, que mes belles années avaient réellement commencé. Nos belles années sont difficiles à déterminer. Vous autres, mes petites filles, quand vous serez grandes, vous devrez vous tenir aux aguets pour reconnaître votre âge de plein épanouissement, à quelque époque de votre existence qu'il puisse se présenter. Vous devrez, alors, le vivre à fond… Mary, qu'avez-vous là sous votre pupitre ? Que regardez-vous ? »

Mary, assise tout avachie, était trop bête pour inventer quoi que ce fût. Elle était trop bête pour jamais mentir ; elle ignorait comment dissimuler.

« Un *comic*, mademoiselle Brodie, répondit-elle.

— Vous voulez parler d'un comédien, d'un acteur comique ? »

Petit rire général.

« Un journal de bandes dessinées, rectifia Mary.

— Un journal de bandes dessinées ! Par exemple ! Quel âge avez-vous ?

— Dix ans, mademoiselle.

— Vous êtes trop vieille, à dix ans, pour lire des journaux de bandes dessinées. Donnez-le-moi. »

Mlle Brodie considéra les pages coloriées. « *Tiger Tim*, vraiment ! » s'exclama-t-elle ; et elle jeta le journal dans la corbeille à papier. S'apercevant que tous les regards étaient fixés dessus, elle le ressortit de la corbeille, le déchira irrémédiablement et l'y jeta de nouveau.

« Écoutez-moi, mes enfants. Notre bel âge, c'est le moment pour lequel nous sommes nés. Maintenant que mon bel âge a débuté… Sandy, votre attention flotte. De quoi donc étais-je en train de parler ?

— De votre bel âge, mademoiselle Brodie. »

« S'il survient quelqu'un pendant la leçon qui va suivre, dit Mlle Brodie, souvenez-vous que c'est l'heure de grammaire anglaise. Entre-temps, je tiens à vous raconter un peu de ma vie alors que j'étais plus jeune qu'aujourd'hui, bien que plus âgée de six ans que l'homme en question. »

Elle s'adossait à l'orme. C'était l'une des dernières journées d'automne, où les feuilles se détachaient en petites rafales. Elles tombaient sur les enfants, reconnaissantes d'avoir cette excuse pour s'agiter et qu'il leur fût permis de bouger pour enlever les feuilles de leurs cheveux et de leurs genoux.

« *Saison de brume et de fécondité fondante*... J'étais fiancée à un jeune homme au début de la guerre, mais il tomba au champ de bataille en Flandre..., dit Mlle Brodie. Songez-vous, Sandy, à faire une journée de lessive ?

— Non, mademoiselle Brodie.

— Parce que vous avez vos manches retroussées. Je ne veux rien avoir à faire avec des filles qui retroussent leurs manches de blouse, si beau que soit le temps. Baissez-moi vos manches immédiatement : nous sommes des êtres civilisés... Mon fiancé est tombé la semaine d'avant la déclaration de l'armistice. Il est tombé comme une feuille d'automne, bien qu'il n'eût que vingt-deux ans. Quand nous rentrerons, nous examinerons la carte de Flandre, et l'endroit où celui qui m'aimait fut abattu, avant votre naissance. Il était pauvre. Il venait de l'Ayrshire ; un paysan, mais un boursier intelligent et qui travaillait dur. Il a déclaré, quand il m'a demandée en mariage : "Il va nous falloir boire de l'eau et avancer pas à pas." Telle était la façon campagnarde qu'avait Hugh d'exprimer que nous mènerions une existence modeste. "Nous boirons de l'eau, et nous avancerons pas à pas..." Que signifie cette expression, Rose ?

— Que vous mèneriez une existence modeste, mademoiselle Brodie », répondit Rose Stanley qui, six ans plus tard, jouirait d'une grande réputation dans le domaine sexuel.

L'histoire du fiancé de Mlle Brodie était bien entamée, quand on vit la directrice, Mlle Mackay, s'approcher en traversant la pelouse. Des larmes avaient déjà commencé de couler des petits yeux porcins de Sandy, et les larmes de Sandy gagnaient maintenant son amie Jenny, plus tard célèbre à l'école pour sa beauté ; elle eut un sanglot, et chercha son mouchoir à tâtons en haut de sa jambe de pantalon. « Hugh a été tué, répétait Mlle Brodie, une semaine avant l'armistice. Après quoi, il y eut des élections générales, et les gens criaient : "Le Kaiser, au poteau !" Hugh, couché dans sa tombe, était l'une des fleurs de la forêt. » Rose Stanley, maintenant, avait fondu en larmes. Du coin de son œil humide, Sandy surveillait la progression de Mlle Mackay, la tête et les épaules en avant, à travers la pelouse.

« Je viens vous faire une petite visite en passant, expliqua-t-elle. Pourquoi donc pleurez-vous, mes enfants ?

— Elles sont émues par une histoire que je leur ai racontée. Nous sommes en pleine leçon d'histoire, répondit Mlle Brodie en attrapant adroitement une feuille morte.

— Pleurer pour une histoire, à dix ans ! s'exclama Mlle Mackay à l'adresse des fillettes qui s'étaient levées en désordre de leurs bancs, encore tout étourdies par Hugh le Guerrier… Je viens seulement vous rendre une petite visite en passant. Eh bien, mes enfants, le nouveau trimestre a commencé. J'espère que vous avez toutes passé de merveilleuses vacances d'été, et j'attends impatiemment de voir vos merveilleuses dissertations sur la façon dont vous les avez passées… À dix ans, vous ne devriez pas pleurer pour une simple histoire. Ça, par exemple ! »

« Vous avez bien fait de ne pas répondre à la question qui vous était posée, dit Mlle Brodie à sa classe une fois Mlle Mackay repartie. Il est bon, en cas de difficultés, de ne jamais souffler mot, ni blanc ni noir. La parole est d'argent mais le silence est d'or… Mary, m'écoutez-vous ? Qu'est-ce que je disais ? »

Mary Macgregor, lourdaude avec uniquement deux yeux, un nez et une bouche pareils à ceux d'un bonhomme de neige, plus tard célèbre pour sa bêtise ainsi que ses fautes perpétuelles, et qui, à vingt-trois ans, devait perdre la vie dans l'incendie d'un hôtel, risqua : « … d'or…

— Qu'est-ce que je disais qui était d'or ? »

Mary promena son regard autour d'elle et en l'air. Sandy lui souffla : « Les feuilles mortes.

— Les feuilles mortes, répéta Mary.

— De toute évidence, vous ne m'écoutiez pas, dit Mlle Brodie. Si seulement vous m'écoutiez, mes petites filles, je ferais de vous la *crème de la crème.* »

Deux

Mary Macgregor eut beau vivre jusque dans sa vingt-quatrième année, elle ne prit jamais tout à fait conscience que Jean Brodie ne faisait point part de ses confidences aux autres membres du personnel enseignant, mais que son histoire d'amour ne s'adressait qu'à ses élèves. Mary n'avait guère pensé à Jean Brodie, ni certes jamais éprouvé d'antipathie à son égard, avant de s'engager un an après le début de la Seconde Guerre mondiale, dans les Wrens[1] où, maladroite, incompétente, elle fut très critiquée. Lors d'une crise de véritable détresse – quand son premier et dernier petit ami, un caporal qu'elle connaissait depuis quinze jours, l'abandonna en ne venant pas à un rendez-vous, et en cessant de la voir –, elle se retourna vers son passé pour savoir si elle avait jamais été véritablement heureuse dans l'existence ; alors, il lui vint à l'esprit que ses premières années avec Mlle Brodie, assise là, à prêter l'oreille à toutes ces histoires, à toutes ces opinions qui n'avaient

---

1. *Women's Royal Naval Service* : forces féminines de la Marine royale. *(N.d.T.)*

rien à voir avec le monde ordinaire, avaient constitué la plus heureuse époque de sa vie. Cette idée ne fut que fugitive, et jamais plus Mary ne pensa à Mlle Brodie ; Mary, toutefois, ayant surmonté sa détresse, était retombée dans son habituelle hébétude pesante avant de mourir alors qu'elle se trouvait en permission dans le Cumberland, au cours de l'incendie d'un hôtel. De long en large, dans les couloirs, courait Mary Macgregor à travers la fumée de plus en plus épaisse. Elle courait dans un sens, puis, ayant fait demi-tour, courait dans l'autre sens, et, aux deux extrémités, rencontrait la fournaise de l'incendie. Elle n'entendait pas de cris : le ronflement du feu couvrait les cris ; elle ne poussait pas de cris : la fumée la suffoquait. Lors de son troisième demi-tour, elle se heurta à quelqu'un, trébucha, et mourut…

Mais au début des années 1930, alors que Mary Macgregor avait dix ans, elle se trouvait assise là, l'air ahuri, parmi les élèves de Mlle Brodie. « Qui donc a renversé de l'encre par terre ?… Est-ce vous, Mary ?

— Je ne sais pas, mademoiselle Brodie.

— Je suppose que c'est vous. Je n'ai jamais rencontré de fille aussi maladroite. Et si vous êtes incapable de vous intéresser à ce que je dis, veuillez tâcher d'avoir l'air de vous y intéresser. »

Telle était l'époque que Mary Macgregor, en se retournant sur son passé, considérait comme ayant été la plus heureuse de son existence.

Sandy Stranger, à la même époque, avait le sentiment que cette époque était censée être la plus heureuse de sa vie et, lors de son dixième anniversaire, le dit à sa meilleure amie, Jenny Gray, invitée chez Sandy pour le thé. L'élément exceptionnel du festin, c'étaient des cubes d'ananas à la crème, et l'élément exceptionnel de la fête, c'était qu'on les laissât seules. Pour Sandy, cet inhabituel ananas avait le goût et l'apparence authentiques du bonheur ; elle fixait avec attention de ses petits yeux les cubes d'or pâle avant de les ramasser avec sa cuillère ; elle songeait que ce goût acide, sur sa langue, était celui d'un bonheur exceptionnel, qui n'avait rien à voir avec le fait de manger, et différait du bonheur du jeu, dont on jouissait sans s'en rendre compte. Les deux fillettes gardèrent la crème pour la bonne bouche, puis la dégustèrent par cuillerées entières.

« Mes petites filles, cita Sandy, vous allez être la *crème de la crème* » ; et Jenny recracha sa crème dans son mouchoir.

« Tu sais, reprit Sandy, ces années-ci passent pour être les plus heureuses de notre existence.

— Oui, ils sont toujours en train de répéter ça, répondit Jenny. Ils disent : “Profitez de vos années de classe, parce qu'on ne sait jamais ce qui vous attend.”

— Mademoiselle Brodie, elle, dit que le mieux, c'est l'âge du plein épanouissement, répliqua Sandy.

— Oui, mais elle ne s'est jamais mariée, comme nos mères et nos pères.

— Eux n'ont pas l'âge du plein épanouissement, dit Sandy.

— Ils ont des relations sexuelles », dit Jenny.

Les fillettes observèrent une pause, car cela demeurait une pensée prodigieuse, une pensée qu'elles n'avaient rencontrée sur leur chemin que depuis peu ; l'expression même, et sa signification, était neuve, tout à fait incroyable. Sandy, alors, dit : « Monsieur Lloyd a eu un bébé la semaine dernière. Il doit avoir commis l'acte sexuel avec son épouse. » Cette idée étant plus facile à admettre, elles rirent aux éclats dans leurs serviettes en papier rose. M. Lloyd était le professeur de dessin des grandes.

« Peux-tu te *représenter* la scène ? » chuchota Jenny.

Sandy rapetissa encore les yeux dans son effort pour voir en imagination.

« Il devait être en pyjama », chuchota-t-elle en réponse.

Les fillettes se tordaient de rire en songeant à M. Lloyd, ce manchot, en train de faire, à grands pas solennels, son entrée dans l'école.

Alors, Jenny déclara : « On fait ça sous l'inspiration du moment. Voilà comment ça se produit. »

Jenny constituait une bonne source d'information car on venait de découvrir qu'une fille employée par le père de Jenny dans son épicerie se trouvait enceinte, et Jenny avait recueilli des fragments du tumulte qui s'en était suivi. Comme Jenny avait fait confidence de ses découvertes à Sandy, les deux fillettes s'étaient lancées dans un programme de recherches qu'elles nommaient « la Recherche », rassemblant des indices qui provenaient de souvenirs de conversations illicitement surprises, et d'articles des gros dictionnaires.

« Tout ça se passe en un clin d'œil, précisait Jenny. C'est arrivé à Teenie quand elle est allée se promener à Puddocky avec son petit ami. Alors, ils ont dû se marier.

— Il semblerait que, le temps qu'elle enlève ses *vêtements*, l'envie avait passé », fit remarquer Sandy. Par « vêtements », elle sous-entendait à coup sûr « culotte », mais « culotte » était grossier dans ce contexte scientifique.

« Oui, voilà ce que je n'arrive pas à comprendre », fit Jenny.

Par l'entrebâillement de la porte, la mère de Sandy jeta un coup d'œil et demanda : « Alors, on s'amuse, mes chéries ? » Au-dessus de son épaule apparut la tête de la mère de Jenny. « Ma parole, s'exclama la mère de Jenny en regardant la table à thé, elles ont mangé comme des ogresses ! »

Sandy se sentit offensée et rabaissée par cette remarque ; comme si le but principal de la réception avait été la nourriture !

« Qu'est-ce que vous avez envie de faire, maintenant ? » s'enquit la mère de Sandy.

Sandy lança à sa mère un regard secrètement féroce et qui voulait dire : « Tu as promis de nous laisser toutes seules ; or une promesse est une promesse ; tu sais bien que c'est très mal, de ne pas tenir une promesse faite à un enfant ; tu risques de gâcher ma vie entière en ne tenant pas ta promesse ; c'est mon anniversaire. »

La mère de Sandy battit en retraite, entraînant la mère de Jenny. « Laissons-les seules, expliqua-t-elle. Amusez-vous bien, un point c'est tout, mes chéries. »

Sandy se sentait parfois gênée du fait que sa mère était anglaise et l'appelait « chérie », à la différence des mères d'Édimbourg, qui disaient « ma chère ». La mère de Sandy possédait un manteau d'hiver tapageur agrémenté de renard duveteux, pareil à celui de la duchesse d'York, alors que les autres mères portaient du tweed ou, tout au plus, du castor qui leur durerait la vie entière.

Il avait plu, et le sol était trop mouillé pour qu'elles aillent terminer de creuser leur trou à destination de l'Australie ; aussi les fillettes transportèrent-elles dans un coin de la pièce la table à thé avec tous les restes du festin. Sandy ouvrit le couvercle du tabouret de piano pour en extraire un cahier d'entre deux partitions musicales. Sur la première page du cahier, il était inscrit :

Le Nid d'aigle dans la montagne
par
Sandy Stranger et Jenny Gray

Il s'agissait d'une nouvelle, encore en cours de composition, sur l'amoureux de Mlle Brodie, Hugh Carruthers. Il n'avait pas été tué à la guerre ; il s'agissait d'une erreur du télégramme. Rentré de la guerre, il était venu s'enquérir de Mlle Brodie à l'école, où la première personne qu'il avait rencontrée était Mlle Mackay, la directrice. Elle lui avait appris que Mlle Brodie ne désirait pas le voir : elle en aimait un autre. Avec un rire amer et dur, Hugh était reparti ; il avait élu domicile dans un nid d'aigle de la montagne où, emmitouflé dans une veste de cuir, il avait été découvert, un jour, par Sandy et Jenny. Au stade où en était l'histoire, Hugh tenait Sandy captive, mais Jenny, qui s'était nuitamment évadée, tentait de retrouver son chemin dans l'obscurité pour redescendre de la montagne. Hugh s'apprêtait à se lancer à sa poursuite.

Sandy prit un crayon dans un tiroir du buffet, et continua :

« Hugh ! le suppliait Sandy, je vous jure, sur tout ce que j'ai de plus sacré, que Mademoiselle Brodie n'a jamais aimé personne d'autre, et qu'elle vous attend en bas, dans la fleur de son âge, en priant et en espérant. Si vous acceptez de laisser Jenny partir, elle vous ramènera Jean Brodie, qui vous aime ; vous la verrez de vos propres yeux, et la tiendrez dans vos bras, après ces douze longues années et un jour. »

L'œil noir de Hugh étincelait à la clarté de la lampe, dans le refuge. « Arrière, femme ! cria-t-il, et ne me barrez point la route. Je le sais bien, que cette Jenny, là-bas, révélera l'endroit où je me trouve à mon ancienne fiancée, qui se moque de moi. Je le sais bien, que vous êtes l'une et l'autre des espionnes, envoyées par elle pour lui permettre de se moquer de moi. Écartez-vous de cette porte, vous dis-je !

— Jamais ! » répliqua Sandy, qui plaça loyalement son jeune corps souple devant le loquet, et son bras en travers du verrou. Dans ses grands yeux d'azur brillait une lueur de séduction.

Sandy tendit à Jenny le crayon. « C'est ton tour », dit-elle.

Jenny écrivit :

D'un seul mouvement, il la jeta à l'autre bout de la cabane et sortit à grands pas dans le clair de lune ; ses larges enjambées faisaient bon marché de l'amoncellement des neiges.

« Dis un mot de ses bottes », conseilla Sandy.

Jenny écrivit :

Ses grandes bottes miroitaient dans le clair de lune.

« Il y a trop de clairs de lune, objecta Sandy ; mais nous pourrons arranger ça plus tard, quand nous en serons à la publication.

— Oh ! mais c'est un secret, Sandy ! protesta Jenny.

— Je sais, répliqua Sandy. Ne t'en fais pas : nous ne publierons pas avant notre bel âge.

— Crois-tu que Mademoiselle Brodie ait jamais eu des relations sexuelles avec Hugh ? s'enquit Jenny.

— Elle aurait eu un bébé, non ?

— Je n'en sais rien.

— Je ne crois pas qu'ils aient fait quoi que ce soit de ce genre, dit Sandy. Leur amour était au-dessus de tout ça.

— Mademoiselle Brodie racontait qu'à la dernière permission de Hugh, ils se cramponnaient l'un à l'autre avec un abandon passionné.

— Je ne crois pourtant pas qu'ils aient retiré leurs vêtements, dit Sandy ; et toi ?

— Non. Je n'arrive pas à me l'imaginer, dit Jenny.

— Je n'aimerais pas avoir des relations sexuelles, dit Sandy.

— Moi non plus. J'épouserai quelqu'un de pur.

— Prends un caramel. »

Elles mangèrent leurs bonbons, assises sur le tapis. Sandy mit du charbon sur le feu, et la lumière jaillit, reflétée par les anglaises de Jenny. « Jouons à être des sorcières devant le feu, comme la veille de la Toussaint. »

Assises dans le crépuscule, elles mangèrent des caramels en psalmodiant des maléfices de sorcières. Jenny prit la parole : « Au musée, il y a un dieu grec, debout sans rien sur lui. Je l'ai vu, dimanche dernier après-midi ; mais j'étais avec tatie Kate, et je n'ai pas pu *regarder* comme il aurait fallu.

— Allons au musée dimanche prochain, proposa Sandy. Ça fait partie de la Recherche.

— On te permettrait d'y aller seule avec moi ? »

Sandy, connue pour n'être pas autorisée à aller, et venir sans être accompagnée d'une grande personne, répondit : « Je ne crois pas. Peut-être que nous pourrions trouver quelqu'un pour nous emmener.

— Nous pourrions demander à Mademoiselle Brodie. »

Étant donné que Mlle Brodie emmenait souvent les fillettes dans les galeries et les musées, cela semblait faisable.

« Mais suppose, objecta Sandy, qu'elle refuse de nous laisser regarder cette statue, si elle est nue.

— Je ne crois pas qu'elle s'apercevrait que la statue est nue, dit Jenny. Elle ne verrait tout bonnement pas son machin-truc-chouette.

— Je sais bien, fit Sandy. Mademoiselle Brodie est au-dessus de tout ça. »

C'était l'heure, pour Jenny, de rentrer chez elle avec sa mère, de faire tout le chemin en tramway dans le crépuscule fantomatique de novembre à Édimbourg, en traversant le Dean Bridge. De la fenêtre, Sandy leur fit au revoir avec la main, et se demanda si Jenny, elle aussi, avait la sensation de mener une double vie, grosse de difficultés que même un milliardaire n'avait pas à affronter. Il était bien connu que les milliardaires menaient une double vie… Le journal du soir se glissa dans la boîte aux lettres avec un froissement de serpent à sonnette, et la maisonnée eut soudain le sentiment qu'il était six heures.

Mlle Brodie récitait de la poésie à sa classe, à quatre heures moins le quart, afin de lui élever l'âme avant qu'elle ne rentrât chez elle. Mlle Brodie avait les yeux mi-clos et la tête rejetée en arrière.

« Peinant dans la tempête d'est,
Les bois jaune pâle pâlissaient ;
Entre ses berges se plaignait le large fleuve ;
À torrent pleuvait le ciel bas
Sur les tours de Camaalot. »

Sandy regarda Mlle Brodie à travers ses petits yeux pâles, les rapetissa encore davantage, et serra les lèvres.

Rose Stanley tirait des fils de la ceinture de sa tunique de gym. Jenny, captivée par ce poème, était bouche bée ; elle ne s'ennuyait jamais. Sandy avait beau ne jamais s'ennuyer, il lui fallait mener une double vie à elle afin de ne jamais s'ennuyer.

« Elle était descendue et trouva un bateau
Laissé à flot sous un saule ;
À l'entour de la proue elle inscrivit :
La Dame de Shalott. »

« Par quel moyen, madame, Votre Seigneurie a-t-elle écrit ces mots ? s'enquit dans sa tête Sandy, les lèvres hermétiquement closes.

— Un pot de peinture blanche et un pinceau traînaient par hasard sur l'herbe de la rive, répondit la dame de Shalott avec grâce. Nul doute qu'ils n'eussent été laissés là par quelque chômeur négligent.

— Hélas, et sous toute cette pluie ! » s'exclama Sandy faute de mieux à dire, cependant que la voix de Mlle Brodie montait au plafond et s'enroulait autour des pieds des grandes, en haut.

La dame de Shalott posa sa blanche main sur l'épaule de Sandy, et la considéra durant un moment. « Pourquoi faut-il qu'une personne aussi jeune et aussi belle soit aussi malheureuse en amour ? dit-elle d'une voix triste et grave.

— Quelle peut bien être la signification de ces paroles ? » s'écria Sandy alarmée, ses petits yeux fixés sur Mlle Brodie, et ses lèvres hermétiquement closes.

Mlle Brodie demanda : « Sandy, êtes-vous souffrante ? »

Sandy eut l'air étonné.

« Mes enfants, dit Mlle Brodie, vous devez apprendre à adopter une expression de sérénité. C'est un des meilleurs atouts de la femme, une expression de sérénité, dans le malheur ou le bonheur. Regardez la Joconde, là-bas ! »

Toutes les têtes se tournèrent afin de considérer la reproduction que Mlle Brodie avait rapportée de ses voyages, et fixée au mur. La Joconde, en son bel âge, souriait avec une sérénité constante, bien qu'elle sortît de chez le dentiste et que sa mâchoire inférieure fût enflée.

« Elle est plus vieille que les rochers sur lesquels elle est assise… Que ne vous a-t-on confiées à moi, mes enfants, lorsque vous aviez sept ans ! Il m'arrive de craindre qu'il ne soit aujourd'hui trop tard. Si dès l'âge de sept ans vous aviez été miennes, vous auriez été la *crème de la crème*… Sandy, venez donc lire quelques strophes, afin de nous permettre d'entendre vos sons vocaliques. »

Étant à demi anglaise, Sandy mettait en valeur ses voyelles ; c'était son seul titre de gloire. Rose Stanley n'était pas encore célèbre pour ses mérites sexuels, et ce n'était pas elle, mais Eunice Gardiner, qui était venue trouver Sandy et Jenny avec une bible en leur indiquant les mots suivants : « L'enfançon tressaillait en son sein. » Sandy et Jenny accusèrent Eunice d'être sale, et menacèrent de cafter. Jenny, déjà célèbre pour sa joliesse, avait en outre une jolie voix, de sorte que M. Lowther, qui venait enseigner le chant, la contemplait d'un air admiratif alors qu'elle chantait *Viens voir le printemps au cœur d'or*… ; et il tirait sur les anglaises de Jenny avec une audace d'autant plus grande que Mlle Brodie restait toujours avec ses élèves, durant la leçon de chant. M. Lowther tirait sur les anglaises de Jenny en regardant Mlle Brodie ainsi qu'un enfant qui fait étalage de ses farces, et presque comme s'il eût mis à l'épreuve Mlle Brodie pour voir si elle acceptait le moins du monde de se rendre complice de son propre comportement peu édimbourgeois.

M. Lowther était petit, avec un long corps et des jambes courtes. Ses cheveux et sa moustache étaient d'or rouge. La main arrondie en cornet derrière l'oreille, il inclinait la tête en direction de chaque fillette afin de mettre sa voix à l'essai. « Chantez ah !

— Ah ! » chanta Jenny de la voix haute et pure de la jeune sirène des Hébrides dont lui avait parlé Sandy. Mais Jenny détourna son regard pour croiser celui de Sandy.

Mlle Brodie ramena de la salle de musique ses élèves, et, les rassemblant autour d'elle, leur déclara : « Vous êtes, mes enfants, ma vocation. Si demain je devais être demandée en mariage par le lord Lyon King-of-Arms, je refuserais. Je me consacre à vous en mon bel âge… Mettez-vous en file indienne, maintenant, je vous prie, et marchez la tête droite, *droite*, à la façon de Sybil Thorndike[1], une femme au noble maintien. »

Sandy rejeta la tête en arrière, pointa en l'air son nez tacheté de rousseur, et fixa sur le plafond ses petits yeux porcins tout en marchant en rang.

« Que faites-vous là, Sandy ?

— Je marche à la façon de Sybil Thorndike, mademoiselle.

— Un jour, Sandy, vous dépasserez les bornes. »

Sandy parut froissée et perplexe.

« Oui, expliqua Mlle Brodie, je vous ai à l'œil, Sandy. Je constate que vous avez un caractère frivole. Je crains que vous n'apparteniez jamais à l'élite ou, pourrait-on dire, à la *crème de la crème*. »

Quand elles furent de retour à leur salle de classe, Rose Stanley annonça : « J'ai de l'encre sur ma blouse.

— Allez vous faire enlever la tache en classe de sciences ; mais rappelez-vous que c'est très mauvais pour le tussor. »

Il arrivait aux fillettes de faire une petite tache d'encre sur une manche de leur blouse en tussor, de manière à être envoyées en classe de sciences, à l'école des grandes. Là, un professeur sensationnel, une demoiselle Lockhart, en blouse blanche, aux cheveux courts et gris ondulant en arrière à partir d'un

1. Tragédienne britannique, 1882-1976. *(N.d.T.)*

visage halé de golfeuse, versait d'un grand flacon sur un tampon de coton hydrophile une petite goutte de liquide. Elle en tamponnait la tache d'encre, sur la manche, tenant silencieusement le bras de la fillette, tout absorbée par sa tâche. Rose Stanley ne se rendit en classe de sciences avec sa blouse tachée d'encre que parce qu'elle s'ennuyait ; mais Sandy et Jenny mettaient de l'encre sur leur blouse à de prudents intervalles d'un mois de manière à pouvoir aller se faire tenir le bras par Mlle Lockhart, qui semblait transporter quinze centimètres d'air pur autour de sa personne, où qu'elle se déplaçât dans cette salle aux odeurs étranges. Cette longue salle était son décor naturel, et elle avait perdu un peu de son caractère quand Sandy l'avait vue se rendre à pied, dans son costume de tweed à plis creux, de l'école à sa voiture de sport ainsi qu'une enseignante ordinaire. Mlle Lockhart, en classe de sciences, était aux yeux de Sandy un être à part, environné de trois rangées de longues tables de manipulation équipées de bocaux à moitié pleins de cristaux, poudres et liquides colorés – ocre, bronze, gris métallique et bleu de cobalt –, de récipients de verre aux formes bizarres, bulbeux ou dotés de pieds pareils à des tuyaux. Une seule des fois où Sandy s'était rendue à la salle de sciences, elle était tombée au milieu d'un cours. Les élèves, plus âgées, de grandes filles dont certaines avaient une poitrine renflée, se tenaient debout par paires devant les tables de travaux pratiques, face à des becs Bunsen allumés.

Tenant entre ses mains une éprouvette remplie d'une substance verte, chacune l'agitait dans la flamme – des douzaines de tubes verts dansants et de flammes, tout au long des tables. Les branches supérieures des arbres, dénudées par l'hiver, effleuraient les fenêtres de cette longue salle ; au-delà se déployait le froid ciel hivernal, avec un énorme soleil rouge. Sandy, cette fois-là, eut la présence d'esprit de se rappeler que ses années d'école passaient pour être les plus heureuses de sa vie, et rapporta à Jenny l'irrésistible nouvelle que les grandes classes allaient être merveilleuses, et que Mlle Lockhart était fort belle.

« Toutes les filles, en classe de sciences, en faisaient exactement à leur tête, rapporta Sandy ; voilà ce qu'elles étaient censées faire.

— Nous en faisons beaucoup à notre tête, dans la classe de Mademoiselle Brodie, répondit Jenny. Ma maman dit que Mademoiselle Brodie nous donne trop de liberté.

— Elle n'est pas censée nous donner la liberté ; elle est censée nous donner des leçons, rectifia Sandy. Mais la classe de sciences est censée être libre ; c'est permis.

— Eh bien, ça me plaît d'être dans celle de Mademoiselle Brodie, fit Jenny.

— À moi aussi. Elle s'intéresse à nos connaissances générales, à ce que dit ma mère. »

N'empêche que les visites à la classe de sciences constituaient la plus secrète joie de Sandy, et qu'elle calculait avec beaucoup de soin les intervalles entre une tache d'encre et une autre afin d'éviter que Mlle Brodie ne soupçonnât que ces taches n'étaient pas accidentelles. Mlle Lockhart, empoignant le bras de Sandy, tamponnait soigneusement la tache d'encre, sur sa manche, tandis que l'enfant se tenait là, captivée par la longue salle qui constituait le domaine légitime de ce professeur de sciences, et par le prestige légitime de tout ce qui s'y trouvait. Ce fut la fois où Rose Stanley, après la leçon de chant, fut envoyée à la salle de sciences pour faire enlever l'encre de sa blouse, que Mlle Brodie dit à sa classe :

« Il faut que vous fassiez plus attention, avec votre encre. Il n'est pas possible que mes élèves montent à la salle de sciences et en redescendent comme cela. Nous devons garder notre bonne réputation. »

Elle ajouta : « L'art est plus grand que la science. L'art passe avant ; ensuite, la science. »

La vaste carte avait été déroulée par-dessus le tableau noir, étant donné que l'on avait commencé la leçon de géographie. Mlle Brodie, sa baguette à la main, lui fit face pour indiquer où s'étendait l'Alaska. Toutefois, elle se retourna à nouveau vers la classe pour préciser : « L'art et la religion d'abord ; puis la philosophie ; en dernier lieu, la science. Tel est l'ordre des grands sujets de la vie ; tel est leur ordre d'importance. »

C'était le premier hiver des deux ans que cette classe passa avec Mlle Brodie. L'année 1931 avait commencé. Mlle Brodie avait déjà choisi ses préférées, ou plutôt celles à qui elle pouvait se fier ; ou plutôt celles aux parents de qui elle pouvait se fier en ceci qu'ils ne porteraient pas plainte à propos des aspects les plus progressistes et les plus séditieux de sa politique éducative, ces parents étant soit trop éclairés pour se plaindre, soit trop peu éclairés, soit trop pénétrés de respect par leur chance de faire éduquer leur fille aux tarifs de la fondation, soit trop confiants pour mettre en doute la valeur de ce qu'apprenait leur fille dans cette école qui jouissait d'une réputation solide. Mlle Brodie emmenait chez elle prendre le thé ces intimes, avec ordre de ne pas le dire aux autres ; se confiait à elles ; elles étaient au courant de sa vie privée, de son inimitié avec la directrice et les alliées de la directrice. Ces intimes apprenaient quelles difficultés Mlle Brodie avait rencontrées dans sa carrière à cause d'elles. « C'est dans votre intérêt, mes enfants, que j'exerce mon influence, maintenant, au cours de mes belles années. » Telle fut l'origine du clan Brodie. Eunice Gardiner était au début tellement silencieuse que l'on avait du mal à comprendre pourquoi Mlle Brodie l'avait admise. Mais Eunice finit par exécuter des cabrioles pour la détente et l'amusement de ces goûters, et fit la roue sur le tapis. « Vous êtes un véritable Ariel », lui déclarait Mlle Brodie. Eunice, alors, se mit à bavarder.

Le dimanche, elle n'était pas autorisée à faire la roue étant donné qu'à maints égards, Mlle Brodie était une vieille fille édimbourgeoise de la plus belle eau. Eunice Gardiner n'exécutait des galipettes sur le tapis que lors des réunions du samedi, avant les thés dînatoires, ou après, sur le linoléum de la cuisine de Mlle Brodie pendant que les autres filles lavaient la vaisselle, et léchaient sur leurs doigts le miel du rayon entamé tandis qu'elles se le passaient pour le ranger dans l'armoire aux provisions. Ce fut vingt-huit ans après avoir fait le grand écart dans l'appartement de Mlle Brodie qu'Eunice, devenue infirmière et ayant épousé un médecin, dit à son mari, un soir :

« L'an prochain, quand nous irons là-bas pour le Festival…

— Eh bien ? »

En train de confectionner une couverture de laine, elle tricota une maille de plus.

« … Eh bien ? répéta-t-il.

— Quand nous irons à Édimbourg, répondit-elle, fais-moi penser, pendant que nous y serons, à aller sur la tombe de Mademoiselle Brodie.

— Qui donc était cette Mademoiselle Brodie ?

— Une de mes maîtresses d'école, très cultivée. Elle était un festival d'Édimbourg à elle toute seule. Elle nous invitait à goûter dans son appartement, et nous parlait de son bel âge.

— De son bel âge ?

— De ses belles années. Elle eut un béguin pour un guide touristique égyptien, une fois, lors d'un de ses voyages, et, à son retour, nous le raconta dans le détail. Elle avait quelques chouchoutes. J'étais l'une d'elles. J'exécutais le grand écart et la faisais rire, tu sais.

— J'ai toujours deviné que ton éducation avait été un peu bizarre.

— Et pourtant, Mademoiselle Brodie n'était pas folle. Elle était aussi saine d'esprit qu'il est possible. Elle savait parfaitement ce qu'elle faisait. Elle ne nous cachait rien de sa vie amoureuse, par-dessus le marché.

— Eh bien, parlons-en.

— Oh ! c'est une longue histoire. Ce n'était qu'une vieille fille… Je dois aller fleurir sa tombe – je me demande si je pourrai la trouver.

— Elle est morte quand ?

— Juste après la guerre. Elle était à la retraite, à ce moment-là. Sa retraite avait constitué une espèce de tragédie ; elle avait été forcée de la prendre avant l'heure. La directrice ne l'avait jamais eue à la bonne. Une longue histoire s'attache à la retraite de Mademoiselle Brodie. Elle a été trahie par une de ses propres élèves ; on nous surnommait le clan Brodie, je n'ai jamais pu découvrir laquelle l'avait trahie. »

L'heure est venue, maintenant, d'évoquer la longue promenade à pied à travers les vieux quartiers d'Édimbourg où Mlle Brodie emmena son clan en manteau violet foncé et chapeau de velours noir à écusson vert et blanc, par un vendredi de mars où, le chauffage central de l'école étant tombé en panne, toutes les autres avaient été emmitouflées et renvoyées chez elles. Le vent soufflait du Forth glacé, et le ciel était chargé de menaces de neige. Mary Macgregor marchait avec Sandy parce que Jenny était rentrée chez elle. Monica Douglas, plus tard célèbre pour son aptitude à faire, de tête, de véritables mathématiques, ainsi que pour ses colères, marchait derrière elles avec sa figure rouge foncé, son nez épaté, ses nattes brunes qui tombaient de son chapeau noir, et ses jambes qui avaient déjà la forme de poteaux dans leurs bas de laine noire. À son côté marchait Rose Stanley, grande et blonde avec un teint d'une pâleur jaunâtre, qui n'avait pas encore mérité sa réputation d'ordre sexuel, et dont la conversation ne roulait que sur les trains, les grues, les voitures, les Meccano et autres sujets garçonniers. Rose ne s'intéressait ni au mécanisme des moteurs, ni aux possibilités constructives des Meccano mais connaissait leurs noms, la gamme de couleurs proposées, les marques de voitures et leur puissance en chevaux, les différents prix des jeux de Meccano. Rose était en outre une grimpeuse énergique de murs et d'arbres. Ces préoccupations, en sa onzième année, avaient beau lui donner la réputation d'un garçon manqué, elles ne s'enfonçaient point profondément dans sa féminité ; et ce fut sa seule connaissance superficielle de ces sujets, comme si elle avait constitué une préparation consciente, qui lui devint très utile auprès des garçons, quelques années plus tard.

Avec Rose marchait Mlle Brodie, la tête droite ainsi que celle de Sybil Thorndike, le nez fièrement busqué. Mlle Brodie portait son manteau vague en tweed marron, au col de castor étroitement boutonné, et son chapeau de feutre marron au bord relevé d'un côté, rabattu de l'autre. Derrière Mlle Brodie, dernière du groupe, la petite Eunice Gardiner, qui, vingt-huit ans plus tard, devait dire à propos de Mlle Brodie : « Il faut que j'aille sur sa tombe », exécutait une gambade entre chacun des pas de sa marche comme si elle allait même se lancer dans des pirouettes, sur le trottoir, au point que Mlle Brodie, se retournant, lui disait de temps à autre : « Voyons, Eunice ! » Et de temps à autre également, Mlle Brodie demeurait en arrière afin de tenir compagnie à Eunice.

Sandy, laquelle avait lu *Kidnapped*, ayant une conversation avec le héros, Alan Breck, était contente de se trouver à côté de Mary Macgregor vu qu'il n'était pas nécessaire de parler à Mary.

« Mary, vous pouvez parler doucement à Sandy.

— Sandy ne veut pas me parler, répondit Mary qui plus tard, dans cet incendie d'hôtel, devait courir çà et là jusqu'à sa mort.

— Sandy ne peut vous parler si vous êtes à ce point sotte et désagréable. Essayez du moins, Mary, d'avoir l'air aimable.

— Sandy, vous devez porter ce message, à travers la lande de bruyère, aux Macpherson, dit Alan Breck. Ma vie en dépend tout autant que la Cause.

— Vous pourrez toujours compter sur moi, Alan Breck, répondit Sandy. Toujours.

— Mary, dit Mlle Brodie de l'arrière du cortège, essayez, je vous en prie, de ne pas vous laisser distancer par Sandy. »

Sandy, stimulée par Alan Breck dont l'ardeur et la reconnaissance, alors qu'elle se disposait à se mettre en route à travers la lande de bruyère, avaient atteint des proportions touchantes, devançait Mary sans arrêt.

Mary tâchait de marcher aussi rapidement qu'elle. Elles traversaient les Prés, une étendue venteuse de terrains communaux d'un vert cru sous le ciel de neige. Elles se dirigeaient vers la Vieille Ville, Mlle Brodie ayant décrété qu'elles devaient voir les lieux où l'Histoire s'était faite ; et leur itinéraire les avait amenées à l'allée du Pré-du-Milieu.

Eunice, que nul n'accompagnait à l'arrière, se mit à sauter à cloche-pied sur un rythme de comptine qu'elle se répétait :

« *Édimbourg, Leith,*
Portobello, Musselburgh
Et Dalkeith. »

Puis elle changea de pied.

« *Édimbourg, Leith…* »

Mlle Brodie se retourna pour la faire taire, puis cria à Mary Macgregor qui, devant, dévisageait un étudiant indien qui s'approchait :

« Mary, vous ne voulez donc *vraiment* pas marcher comme il faut ?

— Mary, renchérit Sandy, cesse de regarder fixement cet homme bronzé. »

L'enfant ainsi gourmandée considéra d'un air vague Sandy, et tenta de hâter le pas. Mais Sandy marchait de manière inégale, par petites avancées et petites haltes, cependant qu'Alan Breck se mettait à lui chanter sa chanson, avant qu'elle ne se mît en route sur la lande de bruyère afin de remettre le message qui allait sauver la vie d'Alan Breck. Il chantait :

« *Voici la chanson de l'épée d'Alan :*
Le forgeron la forgea ;
Le feu la façonna ;
Maintenant, elle brille au poing d'Alan Breck. »

Puis Alan Breck, administrant à Sandy une tape sur l'épaule, lui déclara : « Sandy, vous êtes une jeune fille courageuse, et votre courage n'a rien à envier à celui que pourrait posséder n'importe quel soldat du roi.

— Ne marche pas si vite, grommelait Mary.

— Tu ne marches pas la tête droite, dit Sandy. Tiens-la droite – *droite* ! »

Puis, soudain, Sandy voulut être gentille avec Mary Macgregor, et songea aux possibilités de trouver du plaisir à être gentille avec Mary, au lieu de lui faire des reproches. La voix de Mlle Brodie, derrière, disait à Rose Stanley : « Vous êtes toutes des héroïnes en herbe. La Grande-Bretagne doit être un pays où puissent vivre des héroïnes. La Société des Nations… » Le son de la présence de Mlle Brodie, au moment précis où Sandy avait sur le bout de la langue d'être gentille avec Mary Macgregor, coupa court à son envie. Par-dessus son épaule, Sandy regarda ses compagnes, et les envisagea comme un corps dont Mlle Brodie était la tête. Sandy se perçut elle-même, et Jenny l'absente, et Mary l'éternellement grondée, et Rose, et Eunice et Monica, toutes, en un effrayant petit instant, unifiées dans leur soumission au destin de Mlle Brodie, comme si Dieu avait voulu les faire naître à cet effet.

Sandy fut davantage encore effrayée, alors, par sa tentation d'être gentille avec Mary Macgregor : en agissant de la sorte elle se désunirait, se sentirait isolée et blâmable d'une façon plus affreuse que ne l'était Mary qui, bien qu'officiellement la fautive, se trouvait du moins au sein de la catégorie des héroïnes en herbe de Mlle Brodie. Aussi, dans un souci de bonne camaraderie, Sandy déclara-t-elle à Mary : « Je ne marcherais pas avec toi si Jenny était là. » Et Mary répondit : « Je sais. » Alors, Sandy recommença de s'en vouloir et de harceler Mary de criailleries, avec le sentiment que si l'on faisait une chose un grand nombre de fois, on la transformait en une chose juste. Mary se mit à pleurer mais doucement, de façon que Mlle Brodie ne pût s'en apercevoir. Sandy, incapable de faire face à la situation, résolut de poursuivre sa route à grands pas, et d'être une dame mariée qui se dispute avec son époux :

« Mon Dieu, Colin, c'est plutôt dur, pour une femme, quand les plombs ont sauté, et qu'il n'y a pas d'homme à la maison.

— Ma très chère Sandy, comment diable aurais-je pu deviner… »

Comme elles arrivaient au bout des Prés, une troupe d'éclaireuses passa. La couvée de Mlle Brodie, à l'exception de Mary, les croisa sans détourner les yeux. Mary dévisagea ces grandes filles en bleu marine à l'aspect vigoureux, enrégimenté, à l'accent plus prononcé que celui des élèves Brodie en présence de leur maîtresse. Elles passèrent, et Sandy dit à Mary : « C'est mal élevé de dévisager. » À quoi Mary répliqua : « Je ne dévisageais pas. » Entre-temps, derrière, les filles interrogeaient Mlle Brodie sur les jeannettes et les éclaireuses : nombre d'élèves, dans les petites classes, étaient des jeannettes.

« Pour celles qui aiment ce genre de chose, répondit Mlle Brodie de son meilleur ton édimbourgeois, c'est le genre de chose qu'elles aiment. »

Ainsi furent éliminées les jeannettes et les éclaireuses. Sandy se remémorait l'admiration de Mlle Brodie pour le défilé des troupes de Mussolini, et la photo qu'elle avait rapportée d'Italie, montrant le défilé triomphal des uniformes noirs, à Rome.

« Ce sont les fascistes », avait déclaré Mlle Brodie ; et elle avait épelé ce mot. « Qui sont ces hommes, Rose ?

— Des fascistes, Mademoiselle Brodie. »

Sombres comme l'enfer, ils marchaient tous en rangs impeccables, la main levée sous le même angle, tandis que Mussolini, debout sur une estrade, les passait en revue à la façon d'un professeur de gym, ou d'une cheftaine d'éclaireuses. Mussolini, avec ses fascistes, avait mis un terme au chômage, et il n'y avait pas de détritus dans les rues. Là, au bout de l'allée du Pré-du-Milieu, il vint à l'esprit de Sandy que le clan Brodie, c'étaient les fascistes de Mlle Brodie, toutes en train de marcher au pas, non pas à l'œil nu mais toutes liées ensemble dans l'intérêt de Mlle Brodie et, d'une autre manière, en train de marcher au pas. Rien de mal à cela, mais il semblait aussi que la désapprobation des éclaireuses, par Mlle Brodie, comportait une part de jalousie ; il y avait là contradiction, faille. Peut-être que les éclaireuses étaient de trop grandes rivales en matière de fascisme, et que Mlle Brodie ne pouvait le supporter. Sandy se dit qu'elle pourrait songer à devenir membre des jeannettes. Puis la peur du groupe la reprit et il lui fallut écarter cette idée, car elle aimait Mlle Brodie.

« Nous nous entendons bien ensemble, Sandy », dit Alan Breck en écrasant sous ses pieds le verre brisé ensanglanté, sur le sol de la dunette. Et, ayant pris un couteau sur la table, il enleva de sa tunique un des boutons d'argent. « Où que vous montriez ce bouton, les amis d'Alan Breck accourront à vos côtés, ajouta-t-il.

— Nous tournons à droite », dit Mlle Brodie.

Elles approchaient de la Vieille Ville, qu'aucune des fillettes n'avait bien vue auparavant car aucun de leurs parents n'avait assez de goût envers l'histoire pour mener leur progéniture au sein du fétide enchevêtrement de taudis qui, en ces années-là, constituait la Vieille Ville. La Canongate, le Grassmarket, le Lawnmarket, c'étaient là des noms qui présageaient une zone confuse de crime et de désespoir : *Un habitant du Lawnmarket mis en prison*... Seules Eunice Gardiner et Monica Douglas avaient déjà suivi à pied la Grand-Rue, sur le Royal Mile, en venant du château ou de Holyrood. Sandy, emmenée dans la voiture d'un oncle à Holyrood, avait vu le lit trop court et trop large où Marie Stuart avait dormi, et la pièce minuscule, plus petite que leur propre arrière-cuisine, à la maison, où la reine avait joué aux cartes avec Rizzio.

Maintenant, elles se trouvaient sur une grande place, le Grassmarket, avec le château qui de toute manière était partout, se dressant dans une large trouée entre les maisons où l'aristocratie habitait jadis. C'était la première fois que Sandy se sentait en un pays étranger, qui se révèle par ses nouvelles odeurs, ses nouvelles formes et ses nouveaux pauvres. Un homme était assis sur le trottoir glacé ; assis là, tout simplement. Une bande d'enfants, certains sans chaussures, jouaient à un quelconque jeu de bagarre, et certains garçons crièrent après la troupe habillée en violet de Mlle Brodie, en se servant de mots que les fillettes n'avaient pas entendus jusqu'alors, mais devinaient à bon droit obscènes. Des enfants et des femmes en châle entraient dans les sombres impasses, ou bien en sortaient. Sandy s'aperçut que, dans son trouble, elle tenait Mary par la main ; les fillettes se tenaient par la main cependant que Mlle Brodie parlait histoire. On s'engageait dans la Grand-Rue, « John Knox, assurait Mlle Brodie, était un homme aigri. Il ne put jamais être à l'aise avec cette reine française, si gaie. Nous autres, gens d'Édimbourg, nous devons beaucoup aux Français. Nous sommes européens. » L'odeur était étonnamment affreuse. Au milieu de la chaussée, plus haut dans la Grand-Rue, un attroupement s'était formé. « Passez discrètement », dit Mlle Brodie.

Un homme et une femme se tenaient au milieu de la foule, qui formait cercle autour d'eux. Ils se criaient après, et l'homme, à deux reprises, frappa la femme en travers de la tête. Une autre femme, toute petite, aux cheveux noirs tondus, à figure rouge et grande bouche, s'avança et prit l'homme par le bras. Elle lui déclara :

« Je serai ton homme. »

De temps à autre, sa vie durant, Sandy devait ruminer cette histoire car elle était certaine que la petite femme avait dit : « Je serai ton homme » et non : « Je serai ta femme », ce qui demeura pour toujours inexpliqué.

Et bien des fois durant sa vie, Sandy comprit avec un choc, en parlant à des gens qui avaient passé leur enfance à Édimbourg, que d'autres personnes avaient des Édimbourg tout différents du sien, et qu'avec ces gens elle ne possédait en commun que des noms de quartiers, de rues et de monuments. De même, les autres avaient leurs années trente. En sorte que, lorsqu'elle eut un certain âge et qu'on lui permit enfin tous ces visiteurs au couvent – un aussi grand nombre de visiteurs avait beau être contraire à la règle, une dispense particulière fut accordée à Sandy en raison de son traité –, quand un homme lui déclara : « J'ai dû faire mes études à Édimbourg en même temps que vous, sœur Helena », Sandy, devenue depuis quelques années sœur Helena de la Transfiguration, agrippée aux barreaux de la grille ainsi qu'elle en avait l'habitude et le scrutant de ses petits yeux délavés, le pria de lui raconter ses années de classe, de lui décrire son école ainsi que l'Édimbourg qu'il avait connu. Or, une fois de plus, il se révéla que son Édimbourg à lui différait de celui de Sandy. Son école à lui, où il était pensionnaire, avait été froide et grise. Il avait eu pour enseignants des Anglais hautains, « ou des presque Anglais, aux diplômes de troisième ordre », ajoutait le visiteur. Sandy ne pouvait se rappeler avoir jamais douté de la qualité des diplômes de ses enseignantes ; et le soleil ou, l'hiver, une lumière nordique nacrée avaient toujours éclairé son école à elle. « Mais Édimbourg était une fort belle ville, continuait l'homme, plus belle en ce temps-là que maintenant. Bien sûr, on a supprimé les taudis. J'ai toujours préféré la Vieille Ville. Nous adorions explorer le Grassmarket et le reste. Du point de vue architectural, il n'existe rien de plus beau en Europe.

— On m'a emmenée, un jour, faire une promenade à travers la Canongate, dit Sandy, mais la misère m'a effrayée.

— Mon Dieu, c'étaient les années trente, répliqua l'homme. Dites-moi, sœur Helena, à votre avis, qui donc vous a le plus influencée au cours des années trente ? Je veux dire, au cours de votre adolescence. Lisiez-vous Auden et Eliot ?

— Non, répondit Sandy.

— Nous, les garçons, nous étions très emballés par Auden et ce groupe-là, bien entendu. Nous voulions aller combattre à la guerre d'Espagne : Dans le camp républicain, naturellement. Avez-vous pris parti lors de la guerre d'Espagne, à votre école ?

— Mon Dieu, pas vraiment, répondit Sandy. Pour nous, c'était tout différent.

— Vous n'étiez pas catholique en ce temps-là, bien sûr ?

— Non, répondit Sandy.

— Les influences que l'on subit au cours de l'adolescence ont une grande importance, décréta le visiteur.

— Oh ! oui, répondit Sandy, même si elles fournissent quelque chose contre quoi réagir.

— Qu'est-ce qui vous a le plus influencée à ce moment-là, sœur Helena ? Était-ce une influence d'ordre politique, personnel ? Était-ce le calvinisme ?

— Oh ! non, répondit Sandy. Mais il y avait une certaine Mademoiselle Jean Brodie en son bel âge… » Elle se cramponnait aux barreaux de la grille comme si elle avait voulu s'échapper du sombre parloir qui se trouvait de l'autre côté, car elle n'était pas recueillie ainsi que les autres religieuses qui se tenaient assises, lorsqu'elles recevaient leurs rares visiteurs, bien en retrait dans l'obscurité, les mains jointes. Toujours Sandy se penchait en avant, cherchant à percer l'obscurité, agrippée des deux mains aux barreaux ; les autres sœurs s'en apercevaient et disaient que le monde pesait trop sur sœur Helena depuis qu'elle avait publié son ouvrage de psychologie, lequel avait joui d'une renommée tellement inattendue. Mais la dispense fut accordée à Sandy qui se cramponna aux barreaux afin de recevoir les visiteurs de marque, les psychologues et les chercheurs catholiques, les éminentes dames journalistes et les universitaires désireux de l'interroger au sujet de son curieux traité de psychologie sur la nature de la perception morale, intitulé *La Transfiguration du lieu commun*.

« Nous n'entrerons pas à Saint-Giles, étant donné qu'il se fait tard, dit Mlle Brodie. Mais je présume que vous avez toutes été à la cathédrale Saint-Giles ? »

Elles étaient presque toutes entrées à Saint-Giles, avec ses loqueteuses bannières du passé, tachées de sang. Sandy n'y était pas allée, et ne le souhaitait pas. L'extérieur des vieilles églises d'Édimbourg l'effrayait : leur pierre était si sombre ! On aurait dit des présences, presque de la couleur du roc du château ; en outre, leur structure était si menaçante, avec leurs doigts levés !

Mlle Brodie leur avait montré une photo de la cathédrale de Cologne, pareille à une pièce montée ; on l'aurait dite édifiée pour le plaisir, les réjouissances, et des réceptions données par l'enfant prodigue au début de sa carrière. Mais l'intérieur des églises écossaises était plus rassurant car, durant les offices, elles contenaient des gens, et pas le moindre fantôme. Sandy Stranger, Rose Stanley et Monica Douglas étaient de familles croyantes, quoique non pratiquantes. Jenny Gray et Mary Macgregor, presbytériennes, allaient à l'école du dimanche. Eunice Gardiner, épiscopalienne, prétendait ne pas croire en Jésus mais en le Père, le Fils et le Saint-Esprit. Sandy, croyant aux esprits, estimait que le Saint-Esprit constituait une hypothèse vraisemblable. Au cours de ce trimestre d'hiver, l'ensemble de la question se trouvait exposé par Mlle Brodie, laquelle, tout en adhérant aux habitudes strictes de l'Église d'Écosse de sa jeunesse, et tout en observant le jour du sabbat, suivait maintenant, en son bel âge, à l'université les cours du soir de religions comparées. C'est pourquoi ses élèves l'entendirent parler de tout cela, et pour la première fois apprirent que certaines honnêtes gens ne croyaient pas en Dieu ni même en Allah. Toutefois les fillettes furent enjointes d'étudier avec application les Évangiles pour leur vérité et leur bonté, et de les lire à haute voix pour leur beauté.

Leur promenade les avait amenées dans la large Chambers Street. Le groupe, ayant modifié sa disposition, marchait maintenant par trois, Mlle Brodie devant, entre Sandy et Rose. « Je suis convoquée chez la directrice à la récréation du matin, lundi, annonça Mlle Brodie. Je ne doute pas que Mademoiselle Mackay ne désire mettre en question mes méthodes pédagogiques. Cela s'est déjà produit. Cela se produira encore. En attendant, je me conforme à mes principes éducatifs, et donne, en mon bel âge, le meilleur de moi. Le mot "éducation" vient de la racine *e*, "ex", et de *duco*, "je conduis". Cela signifie "conduire hors de". À mes yeux, l'éducation consiste à extraire ce qui se trouve déjà là, dans l'âme de l'élève. Aux yeux de Mademoiselle Mackay, il s'agit d'y introduire quelque chose qui ne s'y trouve pas ; or, ce n'est pas là ce que j'appelle éducation ; j'appelle cela de l'intrusion, du préfixe de la racine latine *in*, qui veut dire "dedans", et du radical *trudo*, "je fourre". La méthode de Mademoiselle Mackay, c'est de fourrer dans la tête de l'élève une quantité de connaissances ; la mienne consiste à extraire la connaissance, et c'est la véritable éducation, ainsi que le prouve la signification étymologique. Or, Mademoiselle Mackay m'a accusée de fourrer des idées dans la tête de mes élèves, alors qu'en réalité c'est sa pratique à elle, et que la mienne est tout le contraire. Ne laissez jamais dire que je vous fourre des idées en tête. Quel est le sens du mot "éducation", Sandy ?

— Conduire hors de », répondit Sandy, en train de composer une invitation en bonne et due forme, destinée à Alan Breck, un an et un jour après leur évasion à vous couper le souffle à travers la lande de bruyère.

Mademoiselle Sandy Stranger prie monsieur Alan Breck de lui faire le plaisir de venir dîner avec elle, mardi 6 janvier à 8 heures.

Voilà qui surprendrait le héros de *Kidnapped*, provenant de manière inattendue de la nouvelle adresse de Sandy dans la maison portuaire isolée, sur la côte de Fife – décrite dans un roman de la fille de John

Buchan –, maison dont Sandy, par des moyens tortueux, était maintenant devenue la maîtresse. Alan Breck arriverait en grande tenue des Highlands. Et si, frappés d'un coup de foudre au cours de la soirée, ils se trouvaient entraînés dans des relations sexuelles ?... En esprit, Sandy se représentait la scène, et ne pouvait supporter ce gâchis. Elle discutait avec elle-même : les gens ont sûrement le temps de *réfléchir* ; ils doivent cesser de réfléchir pendant qu'ils se déshabillent ; et s'ils cessent de penser, comment peuvent-ils être emportés ?

« Ça, c'est une Citroën, dit Rose Stanley d'une voiture qui venait de passer. Ces voitures-là sont françaises.

— Sandy, mon enfant, ne courez pas. Prenez ma main, dit Mlle Brodie. Rose, vous avez l'esprit rempli de voitures. Il n'y a rien à redire aux voitures, bien entendu, mais il existe des sujets plus élevés. Je suis sûre que Sandy ne pense pas aux voitures ; en fille bien élevée, elle prête attention à mes propos. »

Et si les gens se déshabillent l'un devant l'autre, songeait Sandy, c'est si mal élevé qu'ils ne peuvent manquer d'être détournés de leur passion pendant quelques instants. Et s'ils en sont détournés un seul instant, comment diable peuvent-ils être emportés par le désir ? Si tout cela se produit en un clin d'œil...

Mlle Brodie poursuivait : « Donc, j'ai simplement l'intention de faire observer à Mademoiselle Mackay qu'il existe une différence radicale entre nos principes d'éducation. "Radical" est un mot qui a trait aux racines : du latin *radix*, "racine". Nous différons à la racine, la directrice et moi, sur la question de savoir si l'on nous emploie pour éduquer l'esprit des élèves, ou pour faire intrusion en elles. Nous avons déjà discuté de cela mais Mademoiselle Mackay n'est pas, je puis le dire, une logicienne éminente. Un logicien, c'est un spécialiste de la logique. La logique est l'art du raisonnement. Qu'est-ce que la logique, Rose ?

— ... a trait au raisonnement, mademoiselle », répondit Rose, qui plus tard, encore adolescente, devait susciter la stupéfaction de Mlle Brodie, puis sa crainte respectueuse et enfin son enthousiasme débordant pour le rôle que Rose, à ce moment-là, semblait jouer : celui d'une grande amoureuse, magnifiquement élevée au-dessus du commun des amoureuses, au-dessus des lois morales, Vénus incarnée, quelque chose d'exceptionnel. Rose, en réalité, ne se trouvait pas engagée, à l'époque en question, dans l'affaire de cœur que lui prêtait Mlle Brodie ; mais on aurait pu le croire, et Rose était célèbre dans le domaine sexuel. Néanmoins, alors qu'elle ne se trouvait encore que dans sa onzième année, au cours de cette promenade hivernale, Rose s'intéressait aux voitures, et Mlle Brodie n'était pas encore assez avancée en son bel âge pour parler de sexe autrement que par allusion voilée, comme lorsqu'elle disait de son amoureux le guerrier : « C'était un homme pur » ou lorsqu'elle lisait, dans le poème de James Hogg, *La Jolie Kilmeny* :

« Kilmeny était pure autant qu'on pouvait l'être »,

et qu'elle ajoutait : « C'est-à-dire qu'elle n'allait pas fréquenter des hommes dans les gorges de montagnes. »

« Quand je verrai Mademoiselle Mackay, lundi matin, continuait Mlle Brodie, je lui ferai observer qu'aux termes de mes fonctions mes méthodes ne sauraient être condamnées, à moins que l'on ne puisse prouver qu'elles sont en quoi que ce soit inconvenantes ou subversives, et dans la mesure où mes élèves sont le moins du monde préparées pour l'examen de fin de trimestre. Je m'en remets à vous du soin de travailler dur, mes enfants, afin de tâcher d'être reçues de justesse, dussiez-vous avaler tout ce fatras pour l'oublier le lendemain. Quant à l'inconvenance, jamais on ne saurait me l'imputer si ce n'est à la suite de quelque flagrante déformation des faits de la part d'un traître. Je ne crois pas être jamais trahie... Mademoiselle Mackay, plus jeune que moi, touche un salaire plus élevé. Cela provient d'un hasard. À l'université, de mon temps, les meilleurs diplômes accessibles étaient inférieurs à ceux qui étaient accessibles à Mademoiselle Mackay. Voilà pourquoi elle occupe la meilleure situation. Toutefois, ses facultés de raisonnement sont défectueuses ; aussi n'ai-je aucune crainte pour lundi.

— Mademoiselle Mackay a une figure affreusement rouge, où toutes les veines se voient, dit Rose.

— Je ne puis autoriser ce genre de commentaire en ma présence, Rose, dit Mlle Brodie : cela serait déloyal. »

Elles étaient parvenues au bout de la Lauriston Place, au-delà du poste d'incendie, où elles devaient monter dans un tramway pour aller prendre le thé avec Mlle Brodie, dans son appartement de Churchhill. Une très longue file d'attente d'hommes bordait cette partie de la rue. Sans faux col, en costume râpé, ils parlaient, crachaient et fumaient des mégots qu'ils tenaient entre le pouce et le majeur.

« Nous traverserons ici », dit Mlle Brodie, qui mena son clan de l'autre côté de la rue.

Monica Douglas chuchota : « Ce sont les sans-emploi.

— En Angleterre, on les nomme les chômeurs. Ils attendent de toucher leur indemnité de chômage au bureau de placement, expliqua Mlle Brodie. Vous devez toutes prier pour les chômeurs ; je vous copierai la prière particulière à leur intention. Vous savez toutes ce qu'est l'indemnité de chômage, n'est-ce pas ? »

Eunice Gardiner n'en avait pas entendu parler.

« C'est le versement hebdomadaire effectué par l'État pour soulager les chômeurs et leurs familles. Il arrive aux chômeurs d'aller dépenser leur indemnité à boire, avant de rentrer chez eux ; alors, leurs enfants meurent de faim… Ce sont vos frères… Sandy, cessez immédiatement de les dévisager… En Italie, la question du chômage a été réglée. »

Sandy n'avait pas le sentiment de dévisager ses frères, qui formaient de l'autre côté de la rue une interminable file d'attente, mais que c'était la file d'attente qui attirait ses regards. Une fois de plus, elle eut très peur. Quelques-uns des hommes jetaient un coup d'œil aux fillettes, mais sans les voir. Elles étaient arrivées à l'arrêt du tram. Ils parlaient et crachaient beaucoup. Certains riaient d'un rire pénible qui se transformait en toux et s'achevait en crachats.

Mlle Brodie, alors qu'elles attendaient le tramway, leur dit : « Quand pour la première fois je suis venue à Édimbourg en qualité d'étudiante, je logeais en meublé dans cette rue-ci. Je dois vous raconter une histoire au sujet de ma logeuse, une femme très économe. Elle avait coutume de venir me trouver chaque matin pour me demander ce que je voudrais manger au breakfast, et elle s'exprimait comme ceci : "Voudriez avoir un hareng saur ? Non, voudriez pas. Pourriez manger un œuf à la coque ? Non, pourriez pas." Résultat : je n'ai jamais eu que du pain et du beurre à mon breakfast, durant tout le temps que j'ai passé dans ce meublé, et en très petite quantité. »

Le rire des fillettes rencontra celui des hommes, en face, lesquels avaient maintenant commencé d'entrer lentement, l'un après l'autre et par à-coups, dans le bureau de placement. La peur de Sandy lui revint sitôt qu'elle eut cessé de rire. Elle voyait la lente file, qui se mouvait de manière saccadée, frémir de vie ; elle la voyait tout d'une pièce, comme un seul corps de dragon qui n'avait aucun droit de se trouver dans la ville, qui pourtant refusait d'en partir et que l'on ne pouvait tuer. Sandy songeait aux enfants qui mouraient de faim. Cela soulageait sa frayeur. Elle avait envie de pleurer, comme elle le faisait toujours à la vue d'un chanteur des rues ou d'un mendiant. Elle aurait voulu que Jenny soit là, parce que Jenny avait la larme facile devant des enfants pauvres. Mais l'espèce de serpent, en face, se mit à frissonner de froid, et fit à nouveau trembler Sandy. Elle se détourna pour dire à Mary Macgregor, qui avait frôlé sa manche : « Arrête de pousser.

— Mary, mon enfant, il ne faut pas pousser, renchérit Mlle Brodie.

— Je ne poussais pas ! » protesta Mary.

Sandy, dans le tramway, déclina l'invitation à prendre le thé avec Mlle Brodie, sous prétexte qu'elle sentait venir un rhume. Effectivement, elle frissonnait. Elle avait envie, à ce moment précis, d'être bien au chaud, chez elle, là où, en comparaison, même le corps constitué du clan Brodie menait en quelque sorte une existence plus froide.

Mais plus tard, lorsque Sandy évoqua Eunice en train de faire des culbutes et le grand écart sur le linoléum de la cuisine de Mlle Brodie pendant que les autres filles lavaient la vaisselle, elle aurait assez voulu, après tout, être allée prendre le thé chez Mlle Brodie. Elle tira son cahier secret d'entre les partitions musicales, pour ajouter un chapitre au *Nid d'aigle dans la montagne*, la véritable histoire d'amour de Mlle Jean Brodie.

Trois

Les journées passaient, et le vent soufflait du Forth.

Il ne faut pas croire que Mlle Brodie était seule de son espèce, à ce stade de son bel âge, ni (ces choses étant corrélatives) qu'elle était le moins du monde folle. Elle était seule, uniquement, en ceci qu'elle enseignait dans une école telle que celle de Marcia-Blaine. Au cours des années 1930, son espèce était légion – des femmes de la trentaine et au-delà qui encombraient leur célibat endeuillé par la guerre de voyages de découvertes au pays des idées nouvelles et des pratiques énergiques en matière d'art, d'assistance sociale, d'éducation ou de religion. Les vieilles filles progressistes d'Édimbourg n'enseignaient pas dans des écoles, en particulier dans des écoles de caractère traditionnel, telles que l'école de filles Marcia-Blaine. C'était en cela que Mlle Brodie était, suivant l'expression des autres vieilles filles du personnel enseignant, un tantinet déplacée. Mais elle n'était pas déplacée au sein de sa propre espèce, les vigoureuses filles de marchands morts ou affaiblis, de ministres de la religion, de professeurs d'université, de médecins, de propriétaires de grands magasins du passé, ou des propriétaires de pêcheries qui avaient doté leurs filles d'un esprit sagace, de joues hautes en couleur, d'une constitution de cheval, d'une éducation logique, d'une humeur joviale et d'une fortune personnelle. On pouvait les voir, penchées par-dessus le comptoir démocratique des épiceries édimbourgeoises, discuter avec le patron, à trois heures de l'après-midi, sur n'importe quel sujet, de l'authenticité des Écritures à la question de savoir ce que signifiait véritablement le mot « garanti » sur un pot de confiture. Elles se rendaient à des conférences, tâchaient de vivre de miel et de noix, prenaient des leçons d'allemand puis allaient faire en Allemagne des randonnées à pied ; ayant acheté une roulotte de camping, elles partaient avec dans les collines, au milieu des lochs ; elles jouaient de la guitare ; elles patronnaient toutes les nouvelles petites compagnies théâtrales ; elles prenaient un meublé dans les quartiers pauvres, et, distribuant des pots de peinture, enseignaient à leurs voisins l'art de décorer simplement son intérieur ; elles prêchaient les inventions de Marie Stopes ; elles assistaient aux réunions du groupe d'Oxford, et soumettaient le spiritualisme à l'épreuve de leur œil d'aigle. Certaines d'entre elles prenaient part au mouvement nationaliste écossais ; d'autres, telle Mlle Brodie, se qualifiaient d'Européennes, et qualifiaient Édimbourg, la ville de Hume et Boswell, de capitale européenne.

Elles n'étaient pourtant pas dames d'œuvres. Elles n'étaient pas enseignantes. Les vieilles filles patronnesses, moins entreprenantes et pas du tout rebelles, étaient de sobres pratiquantes et des travailleuses discrètes. Les maîtresses d'école, d'un type encore plus rangé, subvenaient à leurs besoins, vivaient avec des parents âgés, se promenaient à pied dans les collines, et passaient des vacances à North Berwick.

Toutefois, celles qui appartenaient à l'espèce de Mlle Brodie avaient la langue bien pendue, étaient féministes, et, ainsi que la plupart des féministes, parlaient aux hommes d'égales à égaux.

« Je vais vous dire une chose, monsieur Geddes : le contrôle des naissances est la seule solution au problème de la classe ouvrière. Un libre choix pour tous les ménages… »

Et souvent, dans les épiceries florissantes, à trois heures de l'après-midi :

« Monsieur Logan, vous avez beau être un Elder[1], je suis une femme dans la force de l'âge ; aussi, vous pouvez m'en croire : on trouve bien plus de religion dans les concerts du dimanche du professeur Tovey que dans vos offices presbytériens. »

Mlle Brodie, vue sous un tel éclairage, n'avait donc rien de bizarre extérieurement. Intérieurement,

1. Jeu de mots : à la fois ancien et officier de l'Église presbytérienne. *(N.d.T.)*

c'était une autre affaire, et il restait à voir vers quelles extrémités sa nature la poussait. Extérieurement, elle différait des autres membres du personnel enseignant en ceci qu'elle en était encore à un stade de développement fluctuant, alors que ses collègues, d'une façon qui n'était que trop compréhensible, ne s'étaient pas fait assez confiance à elles-mêmes pour changer d'avis, en particulier sur les questions éthiques, après l'âge de vingt ans. Il n'y avait rien que Mlle Brodie ne pût encore apprendre, et elle s'en vantait. Et ce n'était pas une immuable Mlle Brodie qui déclarait à ses élèves : « Ces années-ci sont mes belles années. Vous profitez de mes belles années », mais une Mlle Brodie dont la nature se développait sous leurs yeux comme les fillettes elles-mêmes se trouvaient en pleine formation. Elles se prolongeaient, ces belles années de Mlle Brodie, encore en train de se faire alors que les élèves étaient toujours en pleine adolescence. Et les principes qui gouvernaient la fin des belles années de Mlle Brodie l'auraient étonnée elle-même en leur début.

Les vacances d'été de l'année 1931 marquaient le premier anniversaire de l'inauguration des belles années de Mlle Brodie. Les douze mois à venir devaient constituer, à maints égards, l'année sexuelle du clan Brodie, âgé maintenant de onze et douze ans révolus : une année surchargée de révélations troublantes. Le sexe, au cours des années plus tardives, ne constituerait qu'un des éléments de la vie. Cette année-là, il était tout.

Le trimestre, ainsi que d'habitude, débuta vigoureusement. Mlle Brodie, bronzée, debout devant sa classe, prit la parole : « J'ai passé la majeure partie de mes vacances d'été, une fois de plus, en Italie, ainsi qu'une semaine à Londres, et j'ai rapporté un grand nombre de photographies que nous pourrons fixer au mur. Voici un Cimabue. Voici une formation plus importante des fascistes de Mussolini ; on les voit mieux que sur l'image de l'an dernier. Ils font une œuvre magnifique, ainsi que je vous l'expliquerai plus tard. Avec mes amis, je suis allée à une audience du pape. Mes amis ont baisé son anneau mais j'ai cru séant de m'incliner seulement au-dessus. Je portais une longue robe noire avec une mantille de dentelle ; j'étais superbe. À Londres, mes amis, qui sont à l'aise – leur fillette a deux nurses, ou nounous, comme on dit en Angleterre –, m'ont emmenée faire une visite à A. A. Milne. Au mur de l'entrée, il y avait une reproduction de la *Primavera* de Botticelli, ce qui veut dire la *Naissance du printemps*. Je portais ma robe de soie aux gros pavots rouges, ce qui convient parfaitement à mon teint... Mussolini est l'un des plus grands hommes qui soient au monde, beaucoup plus grand que Ramsay MacDonald et ses fascistes...

— Bonjour, mademoiselle Brodie. Bonjour, asseyez-vous, mes enfants », dit la directrice entrée en coup de vent, et qui avait laissé la porte grande ouverte.

Mlle Brodie, la tête droite, *droite*, passa derrière la directrice et referma la porte d'un air extrêmement significatif.

« Je ne fais qu'entrer et sortir, dit Mlle Mackay ; il faut que je me sauve… Eh bien, mes enfants, c'est le premier jour de la nouvelle année scolaire. Sommes-nous déprimées ? Que non ! Mes enfants, vous devez travailler dur, cette année-ci, dans toutes les matières, afin d'être brillamment reçues à votre examen de passage. L'an prochain, vous serez à l'école des grandes, ne l'oubliez pas… J'espère que vous avez passé de bonnes vacances d'été ; vous êtes toutes bien bronzées. J'espère, le moment venu, lire vos dissertations sur la manière dont vous avez passé vos vacances. »

Quand elle fut repartie, Mlle Brodie, un long moment, fixa sur la porte un regard dur. Une fillette appelée Judith, et qui ne faisait point partie du clan, fut prise de fou rire. Mlle Brodie dit à Judith : « Cela suffit. » Elle se tourna vers le tableau noir et effaça, au moyen de son chiffon, la longue division qu'elle gardait toujours au tableau, en cas d'intrusions au cours d'une classe d'arithmétique où Mlle Brodie n'aurait pas été en train d'enseigner l'arithmétique. Cela fait, elle se retourna vers sa classe et répéta : « "Sommes-nous déprimées ? Que non !… Sommes-nous déprimées ? Que non !…" Comme je vous le disais, Mussolini a accompli de hauts faits, et sous son autorité le chômage est encore plus jugulé qu'il ne l'était l'an dernier. Je serai en mesure, ce trimestre-ci, de vous apprendre bien des choses. Ainsi que vous le savez, je ne crois pas qu'il faille parler aux enfants avec condescendance ; vous êtes capables de saisir plus que ne l'estiment, en général, vos aînés. Éduquer signifie "conduire hors de", d'*e*, "hors de", et de *duco*, "je conduis". Examen de passage ou non, vous profiterez de mes expériences en Italie. À Rome, j'ai vu le Forum et j'ai vu le Colisée où les gladiateurs mouraient, et où les esclaves étaient jetés aux lions. Un Américain vulgaire m'a fait observer : "On dirait une carrière vachement chouette." Ils ont un accent nasal. Mary, qu'est-ce qu'un accent nasal ? »

Mary n'en savait rien.

« Aussi stupide que d'habitude, commenta Mlle Brodie. Eunice ?

— Du nez, répondit Eunice.

— Répondez par une phrase complète, je vous prie, dit Mlle Brodie. Cette année, je crois que vous devriez toutes commencer à répondre par des phrases complètes ; il faut que je tâche de me rappeler cette règle. La réponse correcte est : "Parler de façon nasale, c'est parler du nez." L'Américain déclarait : "On dirait une carrière vachement chouette." Ah ! c'était là que les gladiateurs combattaient. "Salut à toi, César ! criaient-ils. Ceux qui sont sur le point de mourir te saluent !" »

Mlle Brodie, debout dans sa robe marron, ressemblait à un gladiateur, le bras levé, les yeux étincelants comme un glaive. « Salut à toi, César ! cria-t-elle à nouveau, tournée, radieuse, vers la clarté de la fenêtre, comme si César s'y fût trouvé assis… Qui donc a ouvert cette fenêtre ? » s'enquit Mlle Brodie en laissant retomber son bras.

Nul ne répondit.

« Quiconque a ouvert la fenêtre l'a ouverte trop grande. Une quinzaine de centimètres suffisent tout à fait. Davantage est vulgaire. Il faudrait avoir un sens inné de ces subtilités… D'après l'emploi du temps, nous devrions faire de l'histoire en ce moment. Sortez vos manuels d'histoire, et tenez-les entre vos mains. Je vais vous en dire un peu plus à propos de l'Italie. J'ai rencontré un jeune poète auprès d'une fontaine. Voici une image de la rencontre de Dante avec Béatrice – en italien, cela se prononce *Béatritché*, ce qui donne à ce prénom une grande beauté –, sur le Ponte Vecchio. Dante est tombé amoureux de Béatrice à l'instant même… Mary, tenez-vous droite, et non pas avachie… Ce fut un instant sublime au sein d'un amour sublime. Qui donc a peint ce tableau ? »

Personne ne le savait.

« Il a été peint par Rossetti. Qui donc était Rossetti, Jenny ?

— Un peintre », répondit Jenny.

Mlle Brodie prit un air soupçonneux.

« Et un génie, ajouta Sandy pour venir au secours de Jenny.

— Un ami de… ? interrogea Mlle Brodie.

— Swinburne », répondit une fillette.

Mlle Brodie sourit. « Vous n'avez pas oublié, constata-t-elle en promenant sur sa classe un regard circulaire. Vacances ou pas vacances… Gardez vos livres d'histoire ouverts entre vos mains pour le cas où l'on nous dérangerait à nouveau. » D'un air désapprobateur elle regardait en direction de la porte, sa belle et sombre tête romaine dressée avec dignité. Elle avait souvent répété aux fillettes que son regretté Hugh admirait l'aspect romain de sa tête.

« L'an prochain, reprit-elle, vous aurez des spécialistes pour vous enseigner l'histoire, les mathématiques et les langues, un enseignant pour ceci, un enseignant pour cela, un cours de trois quarts d'heure pour ceci, un autre pour cela. Mais durant cette année-ci, votre dernière année avec moi, vous recevrez les fruits de mon bel âge. Ils vous resteront toute votre existence. D'abord, néanmoins, je dois remplir, pendant que j'y pense, le registre de la journée. Il y a deux nouvelles. Levez-vous, les deux nouvelles. »

Elles se levèrent, les yeux écarquillés, tandis que Mlle Brodie s'asseyait à son bureau.

« Vous vous habituerez à nos façons d'agir. De quelle religion êtes-vous ? » demanda Mlle Brodie, la plume levée au-dessus de la page, cependant qu'au-dehors, dans le ciel, les mouettes de l'estuaire du Forth tournoyaient au-dessus de l'école, et que les cimes vertes et dorées des arbres se balançaient en direction des fenêtres.

« … *Automne si pensif, en jaune et gris, viens donc M'apaiser à l'annonce du déclin de Nature.*

« … Robert Burns, conclut Mlle Brodie après qu'elle eut refermé son registre. Maintenant, les années 1930 sont bien entamées… J'ai dans mon bureau quatre livres de pommes rosées, un cadeau provenant du verger de Monsieur Lowther ; mangeons-les tout de suite, pendant que nous avons le champ libre – non que ces pommes ne ressortissent à ma propre juridiction, mais la discrétion est… la discrétion est… Sandy ?

— La meilleure part du mérite, mademoiselle Brodie. » Ses petits yeux considéraient Mlle Brodie, encore légèrement rétrécis.

Avant même l'inauguration officielle du bel âge de Mlle Brodie, ses collègues de l'école des petites s'étaient peu à peu tournées contre elle. Le personnel enseignant de l'école des grandes se montrait indifférent ou modérément amusé car il n'avait pas ressenti encore les effets du clan Brodie ; cela devait se produire l'année suivante ; et même alors, ces maîtresses des grandes ne s'irritèrent pas trop des effets de ce qu'elles nommaient les méthodes expérimentales de Mlle Brodie. C'était au sein de l'école des petites, parmi les femmes les moins payées et les moins qualifiées, avec lesquelles Mlle Brodie avait des relations quotidiennes, que l'indignation bouillonnait. Le personnel comptait deux exceptions qui n'éprouvaient ni ressentiment ni indifférence à l'égard de Mlle Brodie, mais qui, au contraire, la défendaient sur tous les points. L'une de ces exceptions était M. Gordon Lowther, le professeur de chant de l'ensemble de l'école, petites et grandes. L'autre était M. Teddy Lloyd, le professeur de dessin des grandes. Il s'agissait des seuls hommes du personnel enseignant. Tous deux étaient déjà un peu amoureux de Mlle Brodie, car ils trouvaient en elle l'unique objet sexuel de leur environnement quotidien ; et, bien qu'ils ne s'en rendissent pas compte, tous deux commençaient déjà à se comporter en rivaux pour capter l'attention de Mlle Brodie. Mais jusqu'alors, en tant qu'hommes, ils n'avaient pas capté son attention ; elle ne voyait en eux que ses défenseurs, et s'en montrait fièrement reconnaissante. Ce fut le clan Brodie qui discerna, avant Mlle Brodie et, à coup sûr, avant ces messieurs, que M. Lowther et M. Lloyd se donnaient du mal pour faire bonne figure, chacun de manière exclusive, aux yeux de Mlle Brodie.

Aux yeux du clan Brodie, Gordon Lowther et Teddy Lloyd se ressemblaient assez, jusqu'à ce qu'une fréquentation habituelle eût prouvé qu'ils étaient fort différents d'aspect. Tous deux avaient un teint d'or rouge. Teddy Lloyd, le professeur de dessin, était de beaucoup le mieux fait, le plus beau de traits et le plus raffiné. On le disait mi-gallois, mi-anglais. Il parlait d'une voix enrouée, comme s'il avait souffert de bronchite chronique. Une mèche de cheveux dorés lui tombait dans les yeux. Merveille des merveilles : il n'avait qu'un bras, le droit, avec lequel il peignait. L'autre était une manche enfoncée dans sa poche. Il avait perdu le contenu de cette manche à la Grande Guerre.

La classe de Mlle Brodie n'avait eu qu'une seule occasion de le jauger de près, et encore, sous un éclairage atténué car on avait tiré les stores de la salle de dessin pour permettre à M. Lloyd de projeter ses diapositives. Les fillettes avaient été amenées en rang dans la salle de dessin par Mlle Brodie, qui allait s'asseoir avec ses élèves à l'extrémité d'un banc, quand le professeur de dessin s'avança, une chaise à sa main unique, destinée à Mlle Brodie ; il offrait cette chaise d'une manière spéciale, avec un très léger fléchissement des genoux, comme un laquais. Mlle Brodie s'installa noblement, pareille à Britannia, jambes écartées sous son ample jupe marron qui lui descendait bien au-dessous des genoux. M. Lloyd montra ses images d'une exposition d'art italien à Londres. Au moyen d'une baguette, il indiquait les grandes lignes du tableau, en accompagnement de sa voix enrouée. Il ne disait rien de ce que les tableaux représentaient, mais se bornait à suivre chaque courbe et chaque ligne ainsi que l'artiste les avait laissées – peut-être à la pointe d'un coude – et reprises – peut-être au bord d'un nuage ou bien au dos d'une chaise. Les dames de la *Primavera*, avec leurs attitudes de joueuses de volley-ball, fournirent à M. Lloyd un gros travail de baguette. Il ne cessait de suivre avec sa baguette les contours de leurs derrières, qui transparaissaient sous le drapé. La troisième fois qu'il fit cela, un frémissement de gaieté collective courut le long du premier rang des fillettes, puis gagna les rangs du fond. Les fillettes maintenaient leur bouche hermétiquement close afin de réprimer ce genre de convulsion ; mais plus elles serraient les lèvres, et plus leurs petites bouffées de gaieté s'échappaient par leur nez. M. Lloyd se retourna pour considérer les fillettes avec une exaspération offensée.

« Il saute aux yeux que ces filles, intervint Mlle Brodie, ne proviennent pas de lignages et de foyers cultivés. Les philistins sont à nos trousses, monsieur Lloyd ! »

Les fillettes, qui tenaient à descendre d'ancêtres cultivés et non portés sur la sexualité, furent instantanément calmées par le coup que leur assena cette observation. Mais aussitôt M. Lloyd, reprenant sa démonstration sur les formes artistiques, recommença de promener sa baguette tout autour des parties intimes, voilées, de l'un des modèles féminins de Botticelli ; Sandy feignit d'avoir une violente quinte de toux, imitée par plusieurs fillettes, derrière elle. D'autres tâtonnaient sous leur siège, comme en quête de quelque chose qu'elles eussent laissé tomber. Une ou deux, carrément appuyées l'une contre l'autre, s'abandonnaient au fou rire, les mains devant leur bouche impuissante.

« Voilà qui me surprend de votre part à vous, Sandy. Moi qui vous prenais pour le levain de la pâte… »

Sandy, toujours toussant, leva les yeux avec un hypocrite battement de cils. Mlle Brodie, toutefois, fixait déjà son attention sur Mary Macgregor, la plus proche d'elle. Le fou rire de Mary provenait de la contagion car elle était trop bête pour avoir aucun sens personnel du comique sexuel, et jamais la leçon de M. Lloyd n'aurait influé sur elle, si elle n'avait d'abord influé sur le restant de la classe. Or, voici que Mary se laissait aller au fou rire ainsi que l'enfant à l'esprit mal tourné d'une famille inculte. Mlle Brodie attrapa Mary par le bras, la fit lever d'un geste brusque, la propulsa vers la porte, la jeta dehors, referma la porte sur elle, et regagna sa place en personne qui avait résolu la totalité de la question. Ce qu'elle avait fait, en effet, car cet acte de violence dégrisa les fillettes, et leur donna le sentiment qu'officiellement, une indésirable organisatrice de troubles venait d'être appréhendée, et qu'elles n'étaient plus dans leur tort.

M. Lloyd étant maintenant passé à la projection d'une Vierge à l'Enfant, la mesure que Mlle Brodie avait prise fut d'autant plus appréciée : aucune des élèves de la classe ne se fût sentie à l'aise d'être saisie de fou rire alors que la baguette de M. Lloyd retraçait les contours de ce motif sacré. Et même, elles furent assez choquées du fait que la voix enrouée de M. Lloyd ne changeât pas de ton le moins du monde en la circonstance, mais continuât d'exposer ce qu'avait fait le peintre avec son pinceau ; M. Lloyd était presque provocant dans sa façon méthodique de retracer des lignes sur la totalité de la Mère et du Fils. Sandy surprit le coup d'œil de M. Lloyd en direction de Mlle Brodie, comme s'il eût quêté son approbation pour sa propre attitude, tellement artistique ; et Sandy vit Mlle Brodie répondre par un sourire ainsi qu'une déesse, dotée d'une compréhension supérieure, eût souri à un dieu, là-haut, à la cime des monts.

Ce fut peu de temps après cela que Monica Douglas, célèbre par la suite pour ses mathématiques et ses colères, prétendit avoir vu M. Lloyd en train d'embrasser Mlle Brodie. Monica se montra fort catégorique à cet égard, dans son rapport aux cinq autres membres du clan Brodie. De façon générale, on eut peine à la croire en dépit de l'excitation soulevée.

« Quand ?

— Où ?

— Dans la salle de dessin, après la classe, hier.

— Qu'est-ce que tu fabriquais dans la salle de dessin ? demanda Sandy, adoptant le rôle de celle qui fait subir un contre-interrogatoire.

— J'allais chercher un nouveau bloc à croquis.

— Pourquoi ? Tu n'as pas encore fini ton vieux bloc à croquis.

— Si, je l'ai fini, riposta Monica.

— Quand donc as-tu fini ton vieux bloc à croquis ?

— Samedi dernier dans l'après-midi, pendant que tu jouais au golf avec Mademoiselle Brodie. »

Il était exact que Jenny et Sandy avaient fait neuf trous sur le terrain des collines de Braid avec Mlle Brodie, le samedi précédent, pendant que le reste du clan Brodie vagabondait plus loin pour prendre des croquis.

« Monica a bien fini son cahier. Elle a fait les bois de Tee, vus sous cinq angles différents, confirma Rose Stanley en guise de vérification de témoignage.

— Ils se trouvaient à quel endroit de la salle de dessin ? interrogea Sandy.

— Au fond, répondit Monica. Je sais qu'il avait son bras autour d'elle, et qu'il l'embrassait. Ils ont sursauté et se sont séparés quand j'ai ouvert la porte.

— Quel bras ? questionna Sandy sur un ton cassant.

— Le droit, bien sûr : il n'a pas de bras gauche.

— Quand tu les as vus, étais-tu à l'intérieur ou à l'extérieur de la salle ? demanda Sandy.

— Mon Dieu, dedans et dehors. Je les ai *vus*, je te dis.

— Qu'est-ce qu'ils t'ont dit ? s'enquit Jenny.

— Eux ne m'ont pas vue, répondit Monica. J'ai simplement fait demi-tour et je me suis sauvée.

— C'était un baiser prolongé ? » insista Sandy cependant que Jenny se rapprochait pour entendre la réponse.

Monica regarda le plafond du coin de l'œil, comme si elle faisait du calcul mental. Puis, quand elle eut achevé son calcul, elle répondit : « Oui, c'était un baiser prolongé.

— Comment le sais-tu si tu ne t'es pas arrêtée pour voir combien de temps il durait ?

— Je le sais d'après ce que j'en ai vu en réalité, répliqua Monica, à qui la moutarde montait au nez. C'est un petit bout d'un bon baiser bien long que j'ai vu ; je m'en suis rendu compte à son bras à lui, autour d'elle, et…

— Je ne crois pas un traître mot de tout ça, dit Sandy d'une petite voix aiguë car elle était excitée et tentait éperdument de prouver la véracité du compte rendu en éliminant les doutes. Tu dois avoir rêvé », ajouta-t-elle.

Monica, avec les doigts de sa main droite, attrapa le bras de Sandy et en pinça la peau en effectuant une torsion douloureuse. Sandy cria. Monica, dont la figure s'empourprait, fit des moulinets avec la serviette qui renfermait ses livres, au point qu'elle heurta les fillettes qui se trouvaient sur sa trajectoire, et les poussa à se garer.

« La voilà qui se met en colère, dit Eunice en l'évitant d'un bond.

— Je ne crois rien de ce qu'elle raconte, répéta Sandy, tentant désespérément de se représenter la scène de la salle de dessin, et de talonner l'objective Monica jusqu'à ce qu'elle la décrivît avec l'émotion qui s'imposait.

— Moi, je le crois, dit Rose. Monsieur Lloyd est un artiste, et Mademoiselle Brodie a, elle aussi, un tempérament artistique. »

Jenny prit la parole : « Ils n'ont donc pas vu la porte s'ouvrir ?

— Si, répondit Monica : au moment où j'ai ouvert la porte, ils se sont séparés d'un bond.

— Qu'est-ce qui t'a fait croire qu'ils ne t'avaient pas vue ? interrogea Sandy.

— Je me suis sauvée avant qu'ils ne se retournent. Ils étaient debout au fond de la salle, à côté de la draperie aux natures mortes. » Elle gagna la porte de la salle de classe afin d'effectuer la démonstration de sa fuite précipitée. Cela ne satisfit pas Sandy sur le plan dramatique ; elle sortit de la salle de classe, ouvrit la porte, écarquilla les yeux de saisissement, eut un hoquet de surprise et battit en retraite à la vitesse de l'éclair. Elle parut contente de sa reconstitution expérimentale de la scène, mais cette reconstitution enchanta ses camarades à tel point qu'elle la renouvela. La quatrième fois qu'elle interprétait la scène, parvenue à un stade extrême de brio, Mlle Brodie survint en haut des marches, derrière elle.

« Qu'est-ce que vous fabriquez donc là, Sandy ? s'enquit Mlle Brodie.

— Un simple jeu », répondit Sandy, en photographiant avec ses petits yeux cette nouvelle Mlle Brodie.

La question de savoir si Mlle Brodie était véritablement capable d'être embrassée et d'embrasser occupa le clan Brodie jusqu'à Noël. En effet, l'idylle du temps de guerre n'avait guère présenté à l'esprit de ces fillettes une Mlle Brodie de chair et de sang : cette Mlle Brodie plus jeune appartenait à la préhistoire d'avant leur naissance. Alors qu'elles étaient assises sous l'orme, à l'automne précédent, l'histoire de Mlle Brodie concernant « l'époque où j'étais jeune fille » leur avait paru beaucoup moins réelle et pourtant plus crédible que ce récit de Monica Douglas. Les fillettes du clan Brodie résolurent de garder l'incident pour elles, de crainte que, s'il se répandait au restant de la classe, il ne se propageât encore plus avant, et finalement jusqu'aux oreilles d'une personne qui créerait des embêtements à Monica Douglas.

Et certes, il se produisait un changement chez Mlle Brodie. Ce n'était pas seulement que Sandy et Jenny, la remodelant dans leur tête, commençaient maintenant à essayer de l'imaginer comme une personne prénommée Jean. Un changement s'opérait en elle-même. Elle portait des vêtements plus neufs et, avec eux, un collier d'ambre chaleureux, d'un ambre si véritable que, comme elle le leur montra un jour, il avait quand on le frottait puis l'appliquait contre un bout de papier des propriétés magnétiques.

Le changement survenu chez Mlle Brodie se discernait le mieux par comparaison avec les autres enseignantes des petites classes. Si on les regardait puis si l'on regardait Mlle Brodie, il devenait davantage possible de l'imaginer en train de s'abandonner à un baiser.

Jenny et Sandy se demandaient si M. Lloyd et Mlle Brodie étaient allés plus loin, ce jour-là, dans la salle de dessin, et s'ils avaient été entraînés par la passion. Elles gardaient un œil sur le ventre de Mlle Brodie afin de voir s'il donnait des signes de ballonnement. Toutefois, les jours de réception de Mlle Brodie, elles lui trouvaient le ventre aussi plat que jamais, et, en ces occasions, convenaient même ensemble que Monica Douglas avait raconté un mensonge.

Les autres enseignantes des petites classes, à cette époque, souhaitaient le bonjour à Mlle Brodie sur un mode plus qu'édimbourgeois, c'est-à-dire que leur bonjour était assez aimable, et qu'aucune d'elles n'omettait jamais de lui souhaiter le bonjour ; mais Sandy, laquelle avait onze ans révolus, discernait que le ton de *morning*, dans *good morning*, donnait l'impression que ce mot rimait exprès avec *scorning* (mépris), en sorte que ces collègues de Mlle Brodie auraient pu tout aussi bien lui dire « je vous méprise » au lieu de bonjour. Mlle Brodie, elle, répondait avec un accent encore plus anglais que celui dont elle était fièrement coutumière. « *Good mauning* », répondait-elle dans les couloirs en aplatissant leur mépris sous les roues du char de sa supériorité sans guère dévier la tête, dans leur direction, de plus d'un insultant centimètre. Elle marchait la tête droite, *droite* ; mais souvent, une fois qu'elle avait atteint sa propre salle de classe et qu'elle y était entrée, elle se laissait aller à s'appuyer un instant contre la porte avec reconnaissance. Elle ne fréquentait pas les salles communes du personnel enseignant durant les heures de liberté où sa classe prenait ses leçons de chant ou de couture, mais l'y accompagnait.

Or, les deux maîtresses de couture, un peu à part du reste du personnel enseignant, n'étaient point prises au sérieux. C'étaient les deux sœurs cadettes d'une troisième sœur aînée, morte, qui n'avait jamais été remplacée en tant que guide de leur existence. Elles s'appelaient Mlle Ellen et Mlle Alison Kerr ; avec leur chevelure bouffante, leur peau sèche et d'un gris bleuté, leurs yeux d'oiseaux, elles étaient incapables de transmettre quelques connaissances que ce fût tant elles étaient troublées ; au lieu d'enseigner la couture, elles prenaient en main l'ouvrage de chaque fillette, l'un après l'autre, afin d'en exécuter la majeure partie à sa place. Dans les pires des cas, elles décousaient ce qui avait été fait, et le recousaient en déclarant : « Ça ne va pas » ou « Ça n'a jamais été une couture au point de surjet. » Les sœurs couturières n'avaient pas encore été amenées à juger Mlle Brodie, car elles croyaient par nature que leurs collègues enseignantes étaient au-dessus de toute critique. Les leçons de couture apportaient donc à tout le monde une grande détente et Mlle Brodie, au cours de la période qui précéda Noël, mit à profit l'heure de couture, chaque semaine, pour lire *Jane Eyre* à ses élèves qui, tout en écoutant, se piquaient le pouce autant que c'était supportable afin de permettre à d'intéressantes petites taches de sang d'apparaître sur l'étoffe qu'elles cousaient, et qu'il fût même possible d'exécuter des dessins avec ces taches de sang.

Très différentes étaient les leçons de chant. Quelques semaines après le récit du baiser dans la salle de dessin, l'agitation de Mlle Brodie avant, pendant et après les leçons de chant devint de plus en plus évidente. Mlle Brodie, les jours de chant, portait ses vêtements les plus neufs.

Sandy cuisina Monica Douglas : « Tu es sûre que c'est bien Monsieur Lloyd qui l'a embrassée ? Tu es sûre que ça n'était pas Monsieur Lowther ?

— C'était Monsieur Lloyd, répondit Monica, et ça se passait dans la salle de dessin, non pas dans la salle de musique. Qu'est-ce que Monsieur Lowther aurait fabriqué dans la salle de dessin ?

— Ils se ressemblent, Monsieur Lloyd et Monsieur Lowther », objecta Sandy.

La moutarde montait au nez de Monica. « C'était Monsieur Lloyd, qui la prenait dans son bras unique, affirma-t-elle. Je les ai vus. Je regrette de te l'avoir jamais dit. Rose est la seule à me croire. »

Si Rose Stanley la croyait, c'était par indifférence. De tout le clan Brodie, Rose était la dernière à s'exciter sur les histoires sentimentales de Mlle Brodie, ou sur les histoires sexuelles de n'importe qui d'autre. Et il devait toujours en être ainsi. Plus tard, quand Rose fut célèbre pour des raisons d'ordre sexuel, sa merveilleuse séduction résidait dans le fait qu'elle n'avait pas la moindre curiosité sexuelle ; elle ne réfléchissait jamais là-dessus. Comme devait le déclarer Mlle Brodie, elle avait de l'instinct.

« Rose est la seule à me croire », disait donc Monica Douglas.

Lorsqu'elle alla voir Sandy au couvent, à la fin des années cinquante, Monica lui répéta : « Oui, j'ai vraiment vu Teddy Lloyd embrasser Mademoiselle Brodie, un jour, dans la salle de dessin.

— Je le sais bien, que tu l'as vu », répondit Sandy.

Elle l'avait su avant même que Mlle Brodie le lui eût confirmé, un jour, après la fin de la guerre, alors qu'assises à l'hôtel des Collines de Braid, elles mangeaient des sandwiches et buvaient du thé que les rations de Mlle Brodie, chez elle, n'auraient pu lui fournir. Mlle Brodie était donc assise là, flétrie et trahie, dans son manteau de castor foncé qu'elle avait fait durer. On l'avait mise en retraite anticipée. Elle dit :

« Mes belles années sont passées.

— Ces belles années-là étaient bien belles », dit Sandy.

Elles regardaient, par les larges fenêtres, le petit ruisseau de Braid couler à travers champs, et les collines, au-delà, que leur éternité rendait tellement ascétiques que la guerre n'avait jamais été capable de les priver de quoi que ce fût.

« Teddy Lloyd était fort épris de moi, ainsi que vous le savez, disait Mlle Brodie, et moi de lui. Il s'agissait d'un grand amour. Un jour, dans la salle de dessin, il m'a embrassée. Nous ne sommes jamais devenus amants, pas même après votre départ d'Édimbourg, alors que la tentation était la plus forte. »

De ses petits yeux, Sandy regardait fixement les collines.

« Mais j'ai renoncé à lui, expliquait Mlle Brodie. Il était marié. J'ai renoncé au grand amour de mes belles années. Tout nous unissait : notre nature artiste… »

Elle avait compté que ses belles années dureraient jusqu'à la soixantaine. Or, cette année-là, celle qui suivit la guerre, fut en réalité la cinquante-sixième et dernière année de Mlle Brodie. Elle paraissait plus que son âge : elle souffrait d'une tumeur interne. Ce fut sa dernière année en ce monde et, dans un autre sens, la dernière de Sandy.

Mlle Brodie, assise là, vaincue, poursuivait : « À la fin de l'automne 1931… vous m'écoutez, Sandy ? »

Sandy cessa de considérer les collines.

Mlle Brodie, à la fin de l'automne 1931, s'absenta quinze jours de l'école. On la crut souffrante. Le clan Brodie, après la classe, se rendit chez elle avec des fleurs, mais n'y trouva personne. Les fillettes, s'étant informées à l'école, le lendemain, apprirent qu'elle était allée à la campagne séjourner chez une amie jusqu'à son rétablissement.

En attendant, la classe de Mlle Brodie se trouva dispersée entre les classes de ses collègues. Le clan Brodie, qui se serra les coudes, fut placé auprès d'une sinistre femme qui était, en fait, une certaine Mlle Sinistre, originaire des Hébrides-Extérieures ; elle portait une jupe qui lui descendait aux genoux, faite, à ce qu'il semblait, dans une étoffe grise pour couverture ; cette jupe n'avait jamais été élégante, même au temps des jupes aux genoux ; Rose Stanley disait qu'on l'avait coupée court dans un souci d'économie. La tête de Mlle Sinistre était fort grosse et taillée à coups de serpe. Un bustier aplatissait le renflement léger de sa poitrine, et son jersey était d'un lugubre vert foncé. Elle n'avait pas la moindre sympathie pour le clan Brodie, abruti par un soudain plongeon dans un apprentissage appliqué, et très décontenancé par l'abominable sévérité de Mlle Sinistre, ainsi que par le fait qu'elle exigeait le silence durant la journée entière.

« Seigneur ! s'exclama Rose un jour qu'elles rédigeaient une dissertation, je ne me souviens pas comment s'écrit *possession*. Est-ce que ça prend deux *s* ou... ?

— Cent vers de Marmion ! » lui lança Mlle Sinistre.

Dès la fin de la première semaine, le registre des mauvais points, qui, en fin de compte, se répercutaient sur les bulletins trimestriels, était fort encombré par les noms des membres du clan Brodie. En dehors du fait que Mlle Sinistre demandait ces noms pour les y inscrire, elle ne se souciait point de se les rappeler. « Vous, là-bas ! » criait-elle à chaque visage Brodie. Les petites Brodie étaient si hébétées qu'elles ne s'aperçurent pas de l'omission, cette semaine-là, de leur leçon de chant, qui aurait dû avoir lieu le mercredi.

Le jeudi, en début d'après-midi, on les entassa dans la salle de couture. Les deux maîtresses de couture, Mlle Alison et Mlle Ellen Kerr, l'air assez intimidé par la sinistre Mlle Sinistre, s'activèrent avec zèle aux machines à coudre dont elles enseignaient l'usage aux fillettes. La navette de ces machines à coudre montait et descendait, ce qui d'habitude faisait rire sous cape Sandy et Jenny, étant donné qu'à cette époque, tout ce qui pouvait de près ou de loin comporter une interprétation sexuelle déclenchait aussitôt cette réaction chez elles. Mais l'absence de Mlle Brodie et la présence de Mlle Sinistre exerçaient un effet certain de censure sur la signification sexuelle de toute chose, et la violente agitation des deux sœurs couturières contribuait à l'effet de réalisme lugubre.

Mlle Sinistre, manifestement, fréquentait la même église paroissiale que les sœurs Kerr, auxquelles elle adressait de temps à autre des remarques, tout en brodant un napperon de plateau.

« Mon frrrèrrre..., disait-elle sans arrêt, mon frrrèrrre prétend... »

Le frère de Mlle Sinistre était apparemment le pasteur de cette paroisse, ce qui expliquait le surcroît des précautions prises, ce jour-là, par Mlle Alison et Mlle Ellen dans leur travail, avec ce résultat qu'elles mirent une grande pagaille dans leur couture.

« ... Mon frrrèrrre est debout, le matin, à cinq heures et demie... Mon frrrèrrre a organisé un... »

Sandy songeait à l'épisode suivant de *Jane Eyre*, grâce à la lecture duquel Mlle Brodie avait coutume d'animer cette heure. Sandy, en ayant terminé avec Alan Breck, s'était mise à fréquenter M. Rochester, en compagnie de qui elle était maintenant assise au jardin.

« Vous avez peur de moi, mademoiselle Sandy.

— Vous parlez comme le Sphinx, monsieur, mais je n'ai point peur.

— Vous avez un maintien si grave, si réservé, mademoiselle Sandy !... Vous partez ?

— Neuf heures viennent de sonner, monsieur. »

Une phrase de Mlle Sinistre buta contre la scène du jardin : « Monsieur Lowther n'est pas à l'école, cette semaine.

— C'est ce que l'on m'a dit, fit Mlle Alison.

— Il paraît qu'il sera encore absent une semaine au moins.

— Il est malade ?

— Malheureusement, si j'ai bien compris, répondit Mlle Sinistre.

— Mademoiselle Brodie est souffrante, elle aussi, dit Mlle Ellen.

— Oui, répondit Mlle Sinistre. On s'attend à ce qu'elle soit absente, elle aussi, pendant une semaine encore.

— Qu'est-ce qui ne va pas ?

— Ça, je ne saurais le dire », répondit Mlle Sinistre. Elle piqua dans sa broderie son aiguille et l'en ressortit. Puis elle leva les yeux sur les deux sœurs. « Il se peut que Mademoiselle Brodie souffre du même mal que Monsieur Lowther… », ajouta-t-elle.

Sandy prêtait à Mlle Sinistre le visage de la gouvernante, dans *Jane Eyre*, en train de la regarder attentivement, et d'un air entendu, rentrer dans la maison, tard, du jardin où elle était demeurée assise avec M. Rochester.

« Peut-être bien que Mademoiselle Brodie a une liaison avec Monsieur Lowther, dit Sandy à Jenny, à seule fin de dissiper la tristesse dépourvue de sexualité qui les entourait.

— C'est pourtant Monsieur Lloyd qui l'a embrassée. Elle doit être amoureuse de Monsieur Lloyd ; autrement, elle ne l'aurait pas laissé l'embrasser.

— Peut-être qu'elle passe son amour sur Monsieur Lowther. Monsieur Lowther n'est pas marié. »

Il s'agissait là d'une idée fantasque, élaborée entre elles deux par défi envers Mlle Sinistre et son sinistre frère, et considérée comme telle. Mais Sandy, se rappelant l'expression de Mlle Sinistre alors qu'elle déclarait : « Il se peut que Mademoiselle Brodie souffre du même mal que Monsieur Lowther », cessa brusquement d'être sûre que l'hypothèse était fausse. C'est pourquoi elle se montra plus réticente que Jenny quant aux détails de l'idylle imaginaire. Jenny chuchotait : « Ils se couchent. Alors, il éteint la lumière. Alors, leurs doigts de pieds se touchent. Alors, Mademoiselle Brodie… Mademoiselle Brodie… » Elle fut prise de fou rire.

« Mademoiselle Brodie bâille, acheva Sandy afin de rétablir la décence, maintenant qu'elle soupçonnait que tout cela était vrai.

— Non ; Mademoiselle Brodie murmure : “Chéri…” Elle dit…

— Silence, souffla Sandy : voilà Eunice. »

Eunice Gardiner s'approcha de la table où Jenny et Sandy se trouvaient assises, attrapa les ciseaux, et repartit. Eunice avait tourné à la religion, les derniers temps ; alors, pas question, devant elle, de parler sexe. Elle avait cessé de sautiller et de gambader. Cet épisode ne dura pas longtemps mais pendant qu'il dura, elle se montra désagréable et peu digne de confiance. Quand elle se fut suffisamment éloignée, Jenny reprit :

« Monsieur Lowther a les jambes plus courtes que Mademoiselle Brodie ; alors, je suppose qu'elle entortille les siennes à elle autour des siennes à lui, et…

— Où donc habite Monsieur Lowther ? Tu le sais ? demanda Sandy.

— À Cramond. Il a une grande maison, avec une gouvernante. »

Au cours de cette année, après la guerre, où Sandy, assise avec Mlle Brodie à la fenêtre de l'hôtel des Collines de Braid, détournait les yeux des collines afin de montrer qu'elle écoutait, Mlle Brodie lui déclara :

« J'ai renoncé à Teddy Lloyd. Mais j'ai résolu d'avoir une aventure amoureuse : cela constituait l'unique traitement possible. Mon amour pour Teddy m'obsédait ; Teddy, c'était l'amour de mes belles années. Mais à l'automne 1931, je nouai une liaison avec Gordon Lowther ; son état de célibataire rendait la chose plus séante. Telle est la vérité, et il n'y a rien de plus à en dire. Vous m'écoutez, Sandy ?

— Oui, je vous écoute.

— Vous avez l'air de penser à autre chose, ma chère… Je vous disais donc que c'est là toute l'histoire. »

Oui, Sandy pensait à autre chose. Elle pensait que ça n'était pas là toute l'histoire.

« Bien entendu, cette liaison fut soupçonnée. Peut-être que vous, les filles, vous la connaissiez. Vous, Sandy, vous vous en doutiez… mais nul ne fut en mesure de prouver ce qu'il y avait entre Gordon Lowther et moi-même. Cela ne fut jamais prouvé. Ce ne fut point pour ce motif-là que je fus trahie. Je voudrais bien savoir qui m'a trahie. Il est incroyable que ç'ait pu être une de mes propres élèves. Je me demande souvent si c'est la pauvre Mary. J'aurais peut-être dû me montrer plus gentille envers Mary. Mon Dieu, ce fut tragique, cette fin de Mary ; je me représente cet incendie, cette malheureuse fille… Mais je n'arrive pas à comprendre comment Mary aurait pu me trahir.

— Après son départ, elle n'a eu aucun contact avec l'école, dit Sandy.

— Je me demande : est-ce Rose qui m'a trahie ? »

Le ton pleurnichard de Mlle Brodie – « … m'a trahie… m'a trahie… » – assommait et affligeait Sandy. Ça fait sept ans que j'ai trahi cette ennuyeuse bonne femme, se disait Sandy. Qu'entend-elle par *trahir* ? Sandy regardait les collines, comme afin d'y retrouver la première et intrahissable Mlle Brodie, aussi indifférente à la critique qu'un roc.

De retour après ses quinze jours d'absence, Mlle Brodie informa sa classe qu'elle avait goûté un repos sensationnel et bien mérité. Les cours de chant de M. Lowther reprirent ainsi que d'habitude ; et quand Mlle Brodie amena fièrement à la salle de musique ses élèves qui marchaient la tête droite, *droite*, il l'accueillit avec un radieux sourire. Mlle Brodie exécutait maintenant la partie d'accompagnement, assise très droite au piano ; et parfois, non sans une certaine expression de tristesse, elle tenait somptueusement la partie du second soprano dans *Ah ! que le sort du berger est donc doux !*, et autres mélodieuses répétitions en vue du concert annuel. M. Lowther, court sur pattes, timide et les cheveux dorés, ne faisait plus joujou avec les anglaises de Jenny. Les branches dépouillées caressaient les fenêtres ; Sandy était presque aussi sûre qu'on pouvait l'être que le professeur de chant était amoureux de Mlle Brodie, et que Mlle Brodie était amoureuse du professeur de dessin. Rose Stanley n'avait pas encore révélé ses potentialités en vue d'apporter une solution à la passion de Mlle Brodie pour Teddy Lloyd le manchot, et le bel âge de Mlle Brodie continuait à fleurir sans qu'on le trahît.

Impossible d'imaginer Mlle Brodie couchant avec M. Lowther ; impossible de l'imaginer dans quelque contexte sexuel que ce fût ; impossible, pourtant, de ne pas suspecter l'existence de pareils phénomènes.

Au cours du deuxième trimestre, Mlle Mackay, la directrice, reçut dans son bureau pour le thé les fillettes, par petits groupes, et plus tard une par une. Il s'agissait là d'une enquête de routine quant à leurs intentions pour l'école des grandes : feraient-elles des études modernes, ou demanderaient-elles à être admises à faire des études classiques ?

Mlle Brodie leur avait déjà soufflé ce qui suit : « Je n'ai rien contre les études modernes. Modernes et classiques, elles se valent, et chaque type d'études pourvoit dans la vie à une fonction déterminée. Vous devez librement choisir. Tout le monde n'est pas capable de recevoir une éducation classique. Vous devez choisir en pleine liberté. » Si bien que Mlle Brodie ne laissa aucun doute aux fillettes quant à son mépris pour les études modernes.

De sa coterie intime, seule Eunice Gardiner insista pour entrer en moderne ; cela parce que ses parents voulaient qu'elle suivît un cours d'arts ménagers, et qu'elle-même souhaitait la perspective supplémentaire de gymnastique et de sports qu'offraient les études modernes. Eunice, qui se préparait âprement pour la confirmation, demeurait encore un peu trop pieuse pour le goût de Mlle Brodie. Elle refusait maintenant de faire des galipettes en dehors du gymnase ; elle parfumait d'eau de lavande son mouchoir, refusait d'essayer le rouge à lèvres de la tante de Rose Stanley, prenait un intérêt trop sain pour n'être pas suspect au sport international, et, quand Mlle Brodie mena en troupeau sa coterie à l'Empire Theatre afin de lui permettre, pour la première et dernière fois, de voir danser Pavlova, Eunice était absente : elle avait demandé qu'on l'excusât en raison d'un autre engagement qu'elle désigna comme une *social*[1].

« Une *social* quoi ? interrogea Mlle Brodie, qui, lorsqu'elle flairait l'hérésie, faisait toujours des difficultés au sujet du vocabulaire.

— C'est à la salle paroissiale, mademoiselle Brodie.

— Bon, bon, mais une *social* quoi ? "Social" est un adjectif, et vous l'employez comme un nom. Si vous voulez parler d'une soirée mondaine, ne vous gênez pas : allez à votre soirée mondaine, et nous aurons notre propre soirée mondaine en présence de la grande Anna Pavlova, une femme vouée à son art, qui, lorsqu'elle paraît sur la scène, fait ressembler à des éléphants les autres danseuses. Ne vous gênez pas : allez à votre soirée mondaine. Nous autres, nous verrons Pavlova danser la mort du cygne : un grand moment d'éternité. »

Durant tout ce trimestre, elle essaya d'inspirer à Eunice de devenir au moins missionnaire-pionnière dans quelque assommante et dangereuse région du globe ; en effet, Mlle Brodie ne pouvait tolérer qu'aucune de ses fillettes, en grandissant, ne se consacrât dans une large mesure à une vocation quelconque. « Vous finirez cheftaine d'éclaireuses dans une banlieue du genre de Corstorphine », prédisait-elle sur un ton de mise en

1. *Social gathering* : réunion, soirée. *(N.d.T.)*

garde à Eunice, à qui, de fait, cette perspective souriait en secret, et qui habitait Corstorphine… Le trimestre fut rempli de légendes sur Pavlova et ses habitudes de consécration à son art, ses furieux emportements, son intolérance envers tout ce qui était de second ordre. « Elle crie contre le corps de ballet, précisait Mlle Brodie, ce qui est permis à une grande artiste. Elle parle anglais couramment, avec un charmant accent. Ensuite, elle rentre chez elle méditer sur les cygnes qu'elle élève sur un lac, dans le domaine.

— Sandy, fit Anna Pavlova, vous êtes la seule danseuse, après moi, qui se consacre véritablement à son art. Votre mort du cygne est parfaite : quelle sensibilité dans votre manière, à la fin, de tambouriner doucement de la griffe sur les planches de la scène !…

— Je sais », répondit Sandy (de préférence, après mûre réflexion, à : « Oh ! je fais ce que je peux »), en se reposant dans les coulisses.

Pavlova, d'un air judicieux, approuva de la tête, son regard d'artiste exilée tragiquement perdu à quelque distance. « Toute artiste *sait*, n'est-il pas vrai ? » dit Pavlova. Puis, sur un ton désespéré, au bord de la crise de nerfs, et avec un charmant accent, elle ajouta : « Je n'ai jamais été comprise. Jamais. Jamais. »

Sandy retira l'un de ses chaussons de danse et le jeta négligemment à l'autre bout des coulisses, où il fut recueilli avec respect par un simple membre du corps de ballet. Sandy, observant une pause avant d'ôter son autre chausson, dit à Pavlova : « Moi, je suis sûre de vous comprendre.

— C'est vrai ! s'exclama Pavlova en serrant dans la sienne la main de Sandy. Parce que vous êtes une artiste et que vous transmettrez le flambeau. »

Mlle Brodie expliquait : « Si Pavlova contemple ses cygnes, c'est afin de perfectionner sa danse du cygne ; elle les étudie. Voilà de la véritable consécration à son art. Vous devez toutes, en grandissant, devenir des femmes qui se consacrent à un but, comme je me suis consacrée à vous. »

Quelques semaines avant de mourir, quand, assise dans son lit à la clinique, elle apprit de Monica Douglas que Sandy était entrée au couvent, elle s'exclama : « Quel gaspillage ! Ce n'est pas là le genre de consécration dont je voulais parler. Croyez-vous qu'elle ait fait cela pour m'ennuyer ? Je commence à me demander si ce n'est pas Sandy qui m'a trahie. »

La directrice invita Sandy, Jenny et Mary pour le thé juste avant les vacances de Pâques, afin de leur poser les questions habituelles sur ce qu'elles voulaient faire à l'école des grandes, et leur demander si elles voulaient passer en moderne ou bien en classique. Mary Macgregor fut éliminée des études classiques, du fait que ses notes n'atteignaient pas le niveau requis. À cette annonce, elle parut découragée.

« Pourquoi voulez-vous tellement passer en classique, Mary ? Vous n'avez pas de dispositions pour. Est-ce que vos parents ne s'en rendent pas compte ?

— Mademoiselle Brodie préfère le classique.

— Ça n'a rien à voir avec Mademoiselle Brodie, décréta Mlle Mackay en installant son important derrière avec plus de fermeté dans son fauteuil. Cela concerne vos notes, ou ce que vous et vos parents pensez. Dans votre cas, vos notes n'atteignent pas le niveau requis. »

Lorsque Jenny et Sandy optèrent pour le classique, Mlle Mackay fit ce commentaire : « Parce que Mademoiselle Brodie le préfère, je présume. À quoi vous serviront le grec et le latin quand vous vous marierez ou prendrez un emploi ? L'allemand vous serait plus utile. »

Elles n'en tinrent pas moins bon pour le classique, et quand Mlle Mackay eut admis leur choix, de façon transparente elle entreprit de faire la conquête des fillettes en vantant les mérites de Mlle Brodie. « Ce que nous ferions sans Mademoiselle Brodie, je l'ignore. Il y a toujours une différence, chez les élèves de Mademoiselle Brodie, et, ces deux dernières années, je peux dire : une différence *marquée*. »

Ensuite, elle entreprit de leur tirer les vers du nez. Mlle Brodie les emmenait au théâtre, dans les galeries d'art, en promenade, les recevait dans son appartement pour le thé ? Que c'était donc aimable, de la part de

Mlle Brodie ! « Mademoiselle Brodie vous offre-t-elle toutes vos places de théâtre ?

— Quelquefois, répondit Mary.

— Pas à nous toutes, à chaque fois, rectifia Jenny.

— Nous montons au poulailler, dit Sandy.

— Eh bien, c'est fort aimable à Mademoiselle Brodie. J'espère que vous savez apprécier cette attention.

— Oh ! oui », répondirent-elles, unies et en état d'alerte contre tout élément défavorable à la philosophie Brodie, auquel risquait de mener la conversation. Cela n'échappa point à la directrice.

« Magnifique, dit-elle. Et vous allez à des concerts, avec Mademoiselle Brodie ? Mademoiselle Brodie aime beaucoup la musique,-si je ne m'abuse ?

— Oui, répondit Mary, l'œil sur ses camarades, en quête de directives.

— Au dernier trimestre, nous sommes allées avec Mademoiselle Brodie à l'Opéra voir *La Traviata*, précisa Jenny.

— Mademoiselle Brodie aime la musique ? répéta Mlle Mackay en s'adressant à Sandy et Jenny.

— Nous avons vu Pavlova, fit Sandy.

— Mademoiselle Brodie aime la musique ? insista Mlle Mackay.

— Je crois que Mademoiselle Brodie s'intéresse davantage à l'art, mademoiselle, répondit Sandy.

— Mais la musique est une forme d'art !

— Aux tableaux et aux dessins, je veux dire, précisa Sandy.

— Très éclairant…, commenta Mlle Mackay. Vous prenez des leçons de piano, mes enfants ? »

Toutes répondirent que oui.

« De qui ? De Monsieur Lowther ? »

Leurs réponses furent diverses, étant donné que les leçons de piano de M. Lowther ne faisaient point partie du programme d'études, et que ces trois fillettes avaient chez elles des professeurs de piano personnels. Mais alors, à la mention de M. Lowther, même l'esprit lent de Mary soupçonna où Mlle Mackay voulait en venir.

« Si j'ai bien compris, Mademoiselle Brodie accompagne au piano vos leçons de chant. Alors, qu'est-ce qui vous fait croire qu'elle préfère les beaux-arts à la musique, Sandy ?

— Mademoiselle Brodie nous l'a dit. Elle s'intéresse à la musique, mais les beaux-arts sont pour elle une passion, nous a dit Mademoiselle Brodie.

— Et vous, à quoi vous intéressez-vous dans le domaine culturel ? Je suis sûre que vous êtes trop jeunes pour avoir des passions.

— Aux histoires, mademoiselle, répondit Mary.

— Mademoiselle Brodie vous raconte-t-elle des histoires ?

— Oui, répondit Mary.

— Sur quel sujet ?

— Sur l'histoire », répondirent ensemble Jenny et Sandy car il s'agissait là d'une question dont elles avaient prévu qu'elle risquait de se poser un jour, et qu'elles avaient préparé la réponse en se creusant la cervelle pour se conformer à la vérité littérale.

Mlle Mackay, occupée à transférer le cake de la table sur le plateau, s'arrêta pour les considérer ; de toute évidence, le caractère préparé de leur réponse l'avait frappée.

Elle ne posa pas d'autre question mais prononça le mémorable discours suivant :

« Vous avez bien de la chance d'avoir Mademoiselle Brodie… J'aurais pu souhaiter que vos devoirs d'arithmétique fussent meilleurs… Les élèves de Mademoiselle Brodie m'impressionnent toujours, d'une manière ou d'une autre… Il vous faudra travailler dur à d'humbles matières ordinaires, en vue de l'examen de passage… Mademoiselle Brodie vous prépare excellemment à l'école des grandes… La culture ne saurait compenser le manque de connaissances rigoureuses… Je suis heureuse de constater votre attachement à Mademoiselle Brodie… Vous devez faire preuve de loyalisme envers l'école, plutôt qu'envers n'importe quel individu en particulier. »

Cette conversation ne fut pas rapportée en totalité à Mlle Brodie.

« Nous avons dit à Mademoiselle Mackay combien vous aviez du goût pour les beaux-arts, rapporta néanmoins Sandy.

— Certes, répondit Mlle Brodie ; mais le mot “goût” ne suffit guère ; l’art pictural est ma passion.

— C’est bien là ce que j’ai dit », fit Sandy.

Mlle Brodie la regarda comme afin de lui déclarer, ainsi qu’en fait elle le lui avait déjà déclaré par deux fois : « Un jour, Sandy, vous irez trop loin pour mon goût. »

« … En comparaison de la musique », acheva Sandy, levant ses petits yeux porcins et clignotants sur Mlle Brodie.

Vers la fin des vacances de Pâques, pour couronner cette année riche en sexe, Jenny, alors qu’elle se promenait seule dans la nature, fut accostée par un homme qui s’exhibait allègrement, près de l’étang de Leith. Cet individu lui dit : « Viens donc voir ça.

— Voir quoi ? » demanda Jenny en s’approchant car elle pensait qu’il avait ramassé par terre un oisillon tombé du nid, ou découvert une plante curieuse. Ayant compris la vérité, elle s’enfuit indemne et sans être poursuivie, bien que hors d’haleine, et fut bientôt entourée de parents horrifiés, pleins de sollicitude, qui lui firent boire à petites gorgées, pour se remettre du choc, du thé bien sucré. Plus tard dans la journée, l’incident ayant été signalé à la police, une merveilleuse femme-agent vint interroger Jenny.

Ces événements comportaient assez de possibilités d’excitation pour lancer le restant des vacances de

Pâques dans un tourbillon de toupie, et pour occuper tout le dernier trimestre. Le premier effet sur Sandy fut défavorable, car elle avait été sur le point d'obtenir la permission d'aller se promener seule en des endroits tout aussi isolés que celui où la rencontre de Jenny s'était produite. Alors, on continua d'interdire à Sandy les promenades solitaires, mais il ne s'agissait là que d'un effet secondaire de l'affaire. Pour le reste, elle ne donna que de bons résultats. Le sujet comportait deux rubriques : d'abord, l'homme en personne et la nature de ce qu'il avait exposé aux regards, et deuxièmement la femme-agent.

La première question fut assez vite épuisée.

« C'était un être abominable, décréta Jenny.

— Un affreux goujat », renchérit Sandy.

La question de la femme-agent, elle, était inépuisable ; et bien que Sandy ne l'eût jamais vue, non plus qu'à cette époque aucune autre femme-agent (car on en était aux premiers temps de la police féminine), elle abandonna complètement Alan Breck, M. Rochester et tous ses héros de romans durant ce dernier trimestre, pour s'éprendre de la femme-agent qu'elle n'avait pas vue et qui avait interrogé Jenny ; de la sorte, Sandy réussit à maintenir en vie, également, l'enthousiasme de Jenny.

« Elle était comment ? Elle portait un casque ?

— Non, un képi. Elle avait des cheveux courts, blonds, frisés, qui bouclaient sous le képi. Et un uniforme bleu foncé. Elle a dit : “Et maintenant, racontez-moi tout sur cette histoire.”

— Qu’est-ce que tu as répondu ? » demanda Sandy pour la quatrième fois.

Pour la quatrième fois, Jenny répondit : « Eh bien, j’ai dit : “Le bonhomme se promenait sous les arbres, au bord de l’étang ; il tenait dans sa main quelque chose. Alors, en me voyant, il a poussé un gros rire et m’a dit : Viens donc voir ça. Je lui ai demandé : Voir quoi ? je me suis un peu rapprochée, et j’ai vu…” – mais je ne pouvais tout de même pas dire à la femme-agent ce que j’avais vu, n’est-ce pas ? Alors, la femme-agent m’a demandé : “Vous avez vu quelque chose de sale ?” Et j’ai répondu : “Oui.” Alors, elle m’a demandé comment était le bonhomme, et… »

Mais c’était la même histoire qui recommençait. Sandy voulait de nouveaux détails sur la femme-agent ; Sandy était à la recherche d’indices. Jenny avait prononcé *selle* le mot « sale », ce qui ne lui était pas habituel.

« Elle a dit *sale* ou *selle* ? interrogea Sandy lors de ce quatrième récit.

— *Selle.* »

Ce mot parut à Sandy extrêmement sale, ce qui la dégoûta pour des mois de l’idée de sexe. D’autant plus qu’elle désapprouvait cette prononciation du mot, qui lui donnait la chair de poule ; alors, elle harcela Jenny pour lui faire changer d'avis, et convenir du fait que la femme-agent avait prononcé comme il fallait ce mot.

« Des tas de gens disent *selle*, fit remarquer Jenny.

— Je sais, mais ils ne me plaisent pas. Ils ne sont ni chair ni poisson. »

Cela tracassait beaucoup Sandy ; aussi lui fallut-il inventer pour la femme-agent une nouvelle image verbale. Autre chose troublait Sandy : Jenny ne connaissait pas le nom de la femme-agent, ni même si on l'appelait monsieur l'agent, monsieur le brigadier, ou simplement mademoiselle. Sandy résolut de la nommer le brigadier Anne Grey. Sandy, c'était le bras droit d'Anne Grey au sein de la police ; elles se consacraient à éliminer le sexe d'Édimbourg et de ses environs. Dans les journaux du dimanche, auxquels Sandy avait libre accès, on pouvait trouver les expressions techniques exactes, telles que « des relations intimes eurent lieu » et « la plaignante se trouvait dans un état intéressant ». Les femmes portées sur la chose n'étaient pas appelées mademoiselle ou madame ; on les appelait par leur nom de famille : « Willis a été remise en détention »… « L'on s'est aperçu que Roebuck était dans un état intéressant, a déclaré l'avocat. »

Alors, Sandy repoussa en arrière son bonnet de police bleu marine et, assise sur un échalier au côté du brigadier Anne Grey, examina l'endroit, entre les arbres, au bord de l'étang de Leith, où était apparu l'affreux goujat qui avait dit à Jenny « regarde ça » – endroit où cependant, en réalité, jamais Sandy n'avait mis les pieds.

« Autre chose, dit Sandy : il nous faut en découvrir davantage au sujet de l'affaire Brodie, et si elle est déjà dans un état intéressant par suite de sa liaison avec Gordon Lowther, profession : professeur de chant, école de filles Marcia-Blaine.

— Il y a eu relations intimes, ça ne fait aucun doute », décréta le brigadier Anne, très en beauté dans son uniforme sombre et avec les courtes boucles blondes qui bordaient son képi. Elle ajouta : « La seule chose qui nous manque, ce sont quelques pièces à conviction.

— Je me charge de tout ça, brigadier Anne », répondit Sandy car elle avait entrepris avec Jenny, à cette époque même, de rédiger la correspondance amoureuse entre Mlle Brodie et le professeur de chant. Le brigadier Anne, avec reconnaissance, pressa la main de Sandy ; elles se regardèrent au fond des yeux : leur compréhension mutuelle était trop profonde pour s'exprimer en paroles.

À l'école, après les vacances, l'affaire de l'étang de Leith fut gardée secrète entre Jenny et Sandy : la mère de Jenny avait décrété qu'il ne fallait pas ébruiter cette histoire. Mais il semblait naturel que Mlle Brodie fût mise au courant, à titre de confidence sensationnelle.

Quelque chose, pourtant, poussa Sandy à dire à Jenny, dès le premier après-midi du trimestre : « N'en parle pas à Mademoiselle Brodie.

— Et pourquoi donc ? » s'enquit Jenny.

Sandy tenta d'en comprendre la raison. Cette raison était liée à l'état non élucidé des relations de Mlle Brodie avec l'aimable professeur de chant, ainsi qu'au fait qu'elle avait révélé à sa classe, avant toute autre chose. « J'ai passé les vacances de Pâques au petit village romain de Cramond. » C'était là que M. Lowther habitait, tout seul dans une grande maison, avec une gouvernante.

« N'en parle pas à Mademoiselle Brodie, fit donc Sandy.

— Et pourquoi non ? » s'enquit Jenny.

Sandy fit un effort pour comprendre ses raisons. Elles étaient aussi liées à quelque chose qui s'était produit au cours de la matinée, quand Mlle Brodie, ayant besoin d'une provision de cahiers de dessin et de fusains pour commencer le nouveau trimestre, avait envoyé Monica Douglas les chercher dans la salle de dessin, puis l'avait rappelée afin d'envoyer Rose Stanley à sa place. Quand Rose revint, chargée de cahiers de dessin et de boîtes de pastels, elle était suivie de Teddy Lloyd, pareillement chargé. Il déposa ses cahiers, et demanda à Mlle Brodie si elle avait passé de bonnes vacances. Elle lui tendit la main, et répondit qu'elle avait exploré Cramond : il ne fallait pas négliger ces petits ports de mer du voisinage.

« Je n'aurais pas cru qu'il y avait tant de choses à *explorer* à Cramond, répliqua M. Lloyd en lui souriant sous la mèche dorée qui lui retombait sur l'œil.

— Cramond ne manque pas de charme…, dit-elle. Et vous, avez-vous quitté Édimbourg ?

— J'ai fait de la peinture, répondit-il de sa voix enrouée. Des portraits de famille. »

Rose, ayant empilé les cahiers de dessin dans leur placard, avait terminé. Alors qu'elle se retournait, Mlle Brodie lui entoura de son bras l'épaule afin de remercier M. Lloyd pour son aide, comme si elle-même et Rose n'eussent fait qu'une.

« … rien », répondit M. Lloyd, ce qui voulait dire : « De rien » ; et il repartit. Ce fut alors que Jenny chuchota : « Rose a changé pendant ces vacances, tu ne trouves pas ? »

C'était vrai. Ses cheveux blonds, coupés plus court, étaient fort lustrés. Elle avait les joues plus pâles et plus creuses, les yeux moins grands ouverts, aux paupières mi-closes, comme si elle eût posé pour une photographie spéciale.

« Peut-être qu'elle a fait sa Transformation », dit Sandy. Mlle Brodie appelait ça *menarche* ; mais jusqu'alors, quand elles essayaient d'employer ce terme entre elles, cela les faisait ricaner et se sentir intimidées.

Plus tard, dans l'après-midi, après la classe, Jenny déclara : « Je ferais mieux de parler à Mademoiselle Brodie du bonhomme que j'ai rencontré. »

Sandy répondit : « N'en parle pas à Mademoiselle Brodie.

— Et pourquoi non ? » s'enquit Jenny.

Sandy eut beau essayer, elle ne trouva point pourquoi non, sauf qu'elle éprouvait une impression d'inachevé au sujet de Mlle Brodie, de ses vacances à Cramond, et du fait qu'elle eût envoyé Rose à M. Lloyd. Alors, Sandy répondit : « La femme-agent t'a dit d'essayer d'oublier ce qui s'était passé. Peut-être que Mademoiselle Brodie te ferait t'en souvenir. »

Jenny dit : « Voilà ce que je crois, moi aussi. »

Ainsi oublièrent-elles l'homme du bord de l'étang de Leith, et se rappelèrent-elles de plus en plus, à mesure que s'avançait le trimestre, la femme-agent.

Durant les tout derniers mois de son enseignement, Mlle Brodie se montra adorable. Plus d'exhortations ni de chamailleries ; et même harcelée, elle ne faisait preuve d'irritabilité qu'envers Mary Macgregor. Ce printemps-là, avec sa classe, Mlle Brodie monopolisa les bancs, sous l'orme, d'où l'on pouvait distinguer une interminable avenue d'aubépines rose foncé, et entendre trotter des chevaux, en mesure avec les tours de roues de légères carrioles qui rentraient vides, par un chemin caché, de leurs tournées du petit matin.

Non loin, comme une promesse de l'année à venir, un groupe de filles de l'école des grandes faisait du latin en première année. Une fois, la maîtresse de latin, inspirée par le printemps, chanta une chanson folklorique au rythme du clip-clop des poneys et des carrioles ; Mlle Brodie, alors, leva l'index avec ravissement pour faire écouter ses propres élèves.

Nundinarum adest dies,
Mulus ille nos vehet.
Eie, curre, mule, mule,
I tolutari gradu.

Ce printemps-là, la mère de Jenny attendait un bébé, il ne pleuvait pas de façon notable, l'herbe, le soleil et les oiseaux perdaient leur égocentrique humeur hivernale, et se mettaient à penser aux autres. Sous l'orme, de curieux fils brodaient à neuf la vieille histoire d'amour de Mlle Brodie : il apparut qu'en permission de la guerre, feu son fiancé l'avait souvent emmenée faire de la voile à bord d'un bateau de pêche, et qu'ils avaient passé quelques-uns de leurs plus joyeux moments parmi les rochers et les galets d'un petit port de mer. « Il arrivait à Hugh de chanter : il avait une magnifique voix de ténor. À d'autres moments, il se taisait, installait son chevalet, et peignait. Bien qu'il fût très doué pour ces deux arts, je crois que le peintre était le vrai Hugh. »

C'était la première fois que les fillettes entendaient parler des penchants artistiques de Hugh. Sandy tenta de résoudre cette énigme, tint conseil avec Jenny, et toutes deux comprirent que Mlle Brodie adaptait sa nouvelle histoire d'amour à l'ancienne. Après quoi, les deux fillettes écoutèrent avec une double paire d'oreilles, et le restant de la classe avec une seule.

Sandy, fascinée par cette méthode consistant à créer des formes avec des faits, se partageait entre son admiration pour la technique, et l'urgente nécessité de prouver que Mlle Brodie était coupable d'inconduite.

« Alors, ces pièces à conviction… ? » demandait le brigadier Anne Grey, avec sa joviale cordialité coutumière. Elle était vraiment sensationnelle.

Sandy et Jenny mirent, lors du congé de mi-trimestre, le point final à la correspondance amoureuse entre Mlle Brodie et le professeur de chant. Elles séjournaient dans la petite ville de Crail, sur la côte de Fife, chez la tante de Jenny, qui se montra soupçonneuse à l'égard de leur cahier ; aussi l'emportèrent-elles, au long de la côte, en autobus, dans un village voisin, et s'assirent-elles à l'entrée d'une grotte afin de terminer leur ouvrage. Une question délicate s'était posée : comment présenter Mlle Brodie sous un éclairage à la fois favorable et défavorable ? En effet, maintenant, leur dernier trimestre avec Mlle Brodie touchant à sa fin, rien de moins que cela n'était indispensable.

Il fallait apporter la preuve des relations intimes. Mais non point dans un lit ordinaire. Cela, ç'avait été une idée qui ne convenait que pour animer un cours de couture ; or, Mlle Brodie avait droit à quelque chose comme un statut particulier. Elles placèrent donc Mlle Brodie sur l'altier dos de lion du Trône d'Arthur, avec pour toit le simple ciel, et la fougère pour lit. Le vaste parc s'étendait sous les yeux de Mlle Brodie, sur accompagnement d'éclairs et de tonnerre. C'est là que Gordon Lowther, timide et souriant, petit avec son long corps, ses jambes courtes, ses cheveux et sa moustache d'or roux, trouva Mlle Brodie.

« … prit Mademoiselle Brodie, avait rectifié Jenny la première fois qu'elles avaient discuté de la scène.

— … prit Mademoiselle Brodie… eh bien, non. Elle s'est donnée à lui.

— Elle s'est donnée à lui, et pourtant, elle se serait volontiers donnée à un autre », ajouta Jenny.

La dernière lettre de la série, achevée au cours du congé de mi-trimestre, se présentait comme suit :

Mon délicieux Gordon à moi,

Ta lettre, ainsi que tu l'imagines sans peine, m'a profondément émue. Mais hélas ! il me faut à jamais décliner l'honneur d'être Madame Lowther. Mes raisons sont doubles. Je me voue à mes Élèves ainsi que Madame Pavlova se voue à la danse, et il y a dans ma vie quelqu'un d'autre dont l'amour partagé me tend les bras au-delà des limites du Temps et de l'Espace. Il s'agit de Teddy Lloyd ! Avec lui je n'ai jamais eu de relations intimes. Il en a épousé une autre. Un jour, dans la salle de dessin, nous nous sommes fondus ensemble dans les bras l'un de l'autre, et nous avons compris la vérité. Il n'empêche que j'ai été fière de me donner à toi quand tu es venu me prendre dans les fougères, sur le Trône d'Arthur, alors que l'orage se déchaînait autour de nous. Si je suis dans un état intéressant, je confierai le nouveau-né aux soins d'un berger digne d'estime et de son épouse, et nous pourrons en discuter calmement, en qualité d'amis platoniques. Je permettrai peut-être à l'inconduite de se reproduire de temps à autre en tant qu'issue à mon trop-plein d'énergie, étant donné que je suis dans la Force de l'âge. Nous pourrons aussi goûter maintes journées venteuses en mer, à bord du bateau de pêche.

Je tiens à t'informer que ta gouvernante me remplit d'anxiété comme John Knox. Je crains qu'elle ne soit d'un esprit assez étroit, ce qui provient d'une ignorance de la culture et des paysages italiens. Veuille la prier de ne pas me dire : « Vous connaissez le chemin pour monter là-haut », quand je vais te voir chez toi, à Cramond. Elle devrait elle-même me faire monter et me faire entrer. Elle n'a pas les genoux raides. Elle prétend seulement qu'ils le sont.

J'adore t'entendre chanter *Hey Johnnie Cope*. Mais si demain je devais recevoir une demande en mariage du lord Lyon King-of-Arms, je la déclinerais.

Permets-moi, pour conclure, de te féliciter chaudement pour tes rapports sexuels, ainsi que pour ton chant.

Avec la plus tendre joie,
Jean Brodie.

Quand elles eurent fini de rédiger cette lettre, elles relurent de bout en bout la correspondance. Alors, elles furent plongées dans l'indécision : devaient-elles jeter à la mer cette pièce à conviction, ou l'enterrer ? L'acte de jeter du rivage des objets à la mer était, elles ne l'ignoraient pas, moins facile qu'il n'y paraissait. Mais Sandy trouva, au fond de la grotte, un trou humide à moitié caché par une pierre ; elles y fourrèrent le cahier contenant la correspondance amoureuse de Mlle Jean Brodie, et ne le revirent jamais. Elles regagnèrent Crail à pied sur le gazon si moelleux, pleines de projets nouveaux et de la plus tendre joie.

Quatre

« J'ai, dans ce bocal, assez de poudre à canon pour faire sauter l'école », déclara sur un ton uni Mlle Lockhart.

Elle était debout derrière sa table de manipulation dans sa blouse de toile blanche, les deux mains sur un bocal aux trois quarts empli d'une poudre gris foncé. Le silence de mort qui s'établit ne surprit nullement Mlle Lockhart, car elle inaugurait toujours son premier cours de sciences par ces paroles, et avec la poudre à canon devant elle ; en outre, son premier cours de sciences n'était nullement un cours, mais la désignation des plus impressionnants objets contenus dans la salle de sciences. Tous les yeux se trouvaient sur le bocal. Mlle Lockhart le reprit et le replaça prudemment dans un placard empli de bocaux similaires, pleins de cristaux et de poudres multicolores.

« Voici des becs Bunsen… voici une éprouvette… voici une pipette… voilà une burette… voilà une cornue, un creuset… »

Ainsi établissait-elle son mystérieux sacerdoce. Elle était bien le plus aimable professeur de l'école des grandes. Mais ils étaient tous les plus aimables professeurs de l'école. Il s'agissait d'une existence tout à fait nouvelle, et presque d'une école nouvelle. Ici, plus de sinistres maîtresses telles que Mlle Sinistre, telles que toutes celles qui avaient croisé dans les couloirs Mlle Brodie en lui disant bonjour avec un sourire menaçant. Les professeurs, ici, ne semblaient point se soucier du caractère propre des autres, en dehors de leur spécialité dans la vie, que ce fût les mathématiques, le latin ou les sciences. Ils traitaient les nouvelles de première année comme si elles n'étaient pas réelles, mais pareilles à de purs symboles d'algèbre, et les élèves de Mlle Brodie trouvèrent cela reposant d'abord. Merveilleux aussi, durant la première semaine, le programme d'études de nouvelles matières éblouissantes, et le va-et-vient précipité de salle en salle, pour suivre l'emploi du temps. Les journées étaient maintenant remplies de formes et de sonorités peu familières, magiquement dissociées de la vie quotidienne : les grands cercles et triangles de la géométrie, les hiéroglyphes du grec sur la page, les curieux sifflements et crachotements produits par certains des sons grecs en franchissant les lèvres du professeur – « psst… psoutch… »

Quelques semaines plus tard, quand des significations naquirent de ces soupirs et de ces sonorités, il fut malaisé de se remémorer l'aspect jeu de société de cette première semaine, que le grec avait jamais pu émettre des sifflements et des crachotements, ou que *mensarum* avait sonné comme un extrait de vers amphigouriques. La filière moderne, jusqu'à la troisième année, ne se distinguait de la filière classique que par les langues modernes ou anciennes. Les élèves de la filière moderne faisaient de l'allemand et de l'espagnol, ce qui, lorsqu'elles le répétaient entre les heures de cours, produisait les bruits étonnants de stations étrangères, captées au passage à la T.S.F. Une *mademoiselle*[1] aux cheveux noirs frisottés, qui portait une chemise rayée à boutons de manches véritables, prononçait le français d'une manière étrangère qui ne s'imposa jamais vraiment. La salle de sciences sentait par intermittence la Canongate, le jour de la promenade hivernale avec Mlle Brodie, les becs Bunsen et la douce fumée automnale apportée par la brise en provenance des premiers feux de feuilles. Ici, dans la salle de sciences – qu'il était strictement interdit de nommer laboratoire –, les cours étaient baptisés expériences, ce qui donnait à tout le monde l'impression que pas même Mlle Lockhart ne savait ce qu'en risquait d'être le résultat, que n'importe quoi risquait de se produire entre l'arrivée et la sortie des élèves, et que l'école risquait de sauter.

Ici, lors de cette première semaine, fut effectuée une expérience comportant du magnésium dans une éprouvette passée à la flamme d'un bec Bunsen. Finalement, en différents points de la salle, de grands éclairs blancs de magnésium jaillirent des éprouvettes, captés dans

1. En français dans le texte. *(N.d.T.)*

de plus grands récipients de verre préparés à cet effet. Mary Macgregor prit peur, et courut au long d'une seule allée entre deux tables de manipulation ; rencontrant une flamme blanche, elle courut dans l'autre direction, à seule fin de rencontrer une seconde langue de feu étincelante. Elle courut çà et là, en proie à la panique, entre les tables, jusqu'à ce qu'on la rattrapât, la calmât, et qu'elle fût enjointe de n'être pas aussi bête par Mlle Lockhart, laquelle connaissait déjà l'exaspération de regarder la figure de Mary, ses deux yeux, son nez et sa bouche, sans rien trouver d'autre à en dire.

Des années plus tard, un jour que Rose Stanley était venue voir Sandy, et qu'elles s'étaient mises à parler de la mort de Mary Macgregor, Sandy avoua :

« Quand il m'arrive un désagrément quelconque, je regrette de n'avoir pas été plus gentille envers Mary.

— Comment aurions-nous pu prévoir… ? » fit Rose.

Et Mlle Brodie, assise à la fenêtre de l'hôtel des Collines de Braid avec Sandy, avait dit : « Je me demande si c'est Mary Macgregor qui m'a trahie. J'aurais peut-être dû être plus bienveillante envers Mary. »

À cette époque, le clan Brodie aurait pu sans difficulté perdre son identité, non seulement parce que Mlle Brodie avait cessé de présider aux journées de ses membres, journées devenues si actives par suite de l'acquisition de connaissances dispensées par des spécialistes dépourvues de sentiments, mais aussi parce que la directrice entendait démanteler le clan.

La directrice ourdit une machination qui échoua. Cette machination était trop ambitieuse ; elle visait à débarrasser l'école de Mlle Brodie, ainsi qu'à démembrer du même coup le clan Brodie.

La directrice se montra l'amie de Mary Macgregor, la tenant pour crédule et corruptible, et sous-estimant sa bêtise. La directrice se rappelait que Mary, pareille à toutes les élèves de Mlle Brodie, avait demandé à suivre la filière classique, mais avait été refusée. Alors, Mlle Mackay changea d'avis, et permit à Mary d'étudier du moins le latin. En retour, elle espérait des informations concernant Mlle Brodie. Mais étant donné que la seule raison qui avait poussé Mary à vouloir apprendre le latin, c'était de faire plaisir à Mlle Brodie, la directrice en fut pour ses frais. Elle eut beau abreuver de thé cette fille, Mary ne comprit tout bonnement pas ce que l'on espérait d'elle ; elle croyait tous les enseignants ligués ensemble, Mlle Brodie avec le reste.

« Maintenant que vous êtes à l'école des grandes, vous ne verrez plus beaucoup Mademoiselle Brodie, fit Mlle Mackay.

— Je comprends », répondit Mary, prenant cette remarque pour un décret plutôt que pour un sondage.

Mlle Mackay ourdit une autre machination, et cette machination la perdit. L'école des grandes comportait un système très compétitif de groupes d'élèves rivalisant entre eux ; ces quatre groupes d'élèves avaient noms Holyrood, Melrose, Argyll et Biggar. Mlle Mackay veilla à ce que les élèves Brodie fussent, autant que possible, placées au sein de groupes différents. Jenny fut mise à Holyrood, Sandy, avec Mary Macgregor, à Melrose ; Monica et Eunice entrèrent dans Argyll, et Rose Stanley dans Biggar. Elles furent donc obligées de rivaliser entre elles dans tous les domaines, à l'intérieur de l'école ainsi que sur les terrains de hockey balayés par le vent qui s'étendaient, pareils aux tombeaux des martyrs, exposés aux intempéries dans une lointaine banlieue. C'était l'esprit d'équipe, leur disait-on, qui désormais comptait ; chacun des groupes d'élèves devait faire feu des quatre fers pour obtenir le Trophée, et rappliquer le samedi matin pour brailler des encouragements au groupe. Les camaraderies intergroupes n'en devaient pas souffrir, bien entendu, mais l'esprit d'équipe…

Cette expression suffisait pour le clan Brodie, lequel, après deux ans chez Mlle Brodie, avait été bien instruit quant à sa signification.

« Des expressions comme "l'esprit d'équipe" sont toujours employées en vue de pourfendre l'individualisme, l'amour et les loyalismes personnels, avait déclaré Mlle Brodie. Des idées comme "l'esprit d'équipe", ajoutait-elle, ne devraient pas être imposées au sexe féminin, surtout s'il est voué par nature à un idéal : depuis des temps immémoriaux, ses vertus s'opposent totalement à ce concept. Florence Nightingale ignorait tout de l'esprit d'équipe ; elle avait pour mission de sauver des vies, sans tenir compte de l'équipe dont elles faisaient partie. Si vous lisez bien votre Shakespeare, vous y constaterez que Cléopâtre ignorait tout, elle aussi, de l'esprit d'équipe. Prenez Hélène de Troie… Quant à la reine d'Angleterre, il est vrai qu'elle assiste à des manifestations sportives internationales ; mais c'est là son devoir ; tout cela, c'est de la poudre aux yeux ; la reine ne se soucie que de la santé et des objets anciens du roi. Où donc l'esprit d'équipe aurait-il mené Sybil Thorndike ? La grande actrice, c'est elle, et le restant de la troupe a l'esprit d'équipe. Pavlova… »

Mlle Brodie avait peut-être prévu ce moment de l'avenir où son équipe de six se trouverait exposée à la séduction de quatre esprits de compétition différents : Argyll, Melrose, Biggar et Holyrood. Impossible de savoir dans quelle mesure Mlle Brodie formait de façon réfléchie ses projets d'avenir, ou dans quelle mesure elle agissait en suivant son seul instinct. Quoi qu'il en fût, cette fois-ci, première mise à l'épreuve de ses forces, elle remporta la victoire. Pas une seule des élèves des grandes classes chargées de la discipline au sein des quatre groupes en compétition ne personnifiait un argument capable d'atteindre Sybil Thorndike et Cléopâtre. Le clan Brodie aurait plus volontiers adhéré aux éclaireuses qu'à l'esprit d'équipe. Non seulement ses membres, mais au moins dix autres filles qui étaient passées par les mains de Mlle Brodie se tenaient à l'écart des terrains de jeux, sauf sous la contrainte. Pas une, à l'exception d'Eunice Gardiner, ne risqua d'être placée au sein d'une équipe quelconque afin d'essayer sur elle son esprit d'équipe. Tout le monde convint qu'Eunice était si bonne, sur le terrain, qu'elle ne pouvait s'en empêcher.

Mlle Brodie, presque tous les samedis après-midi, recevait pour le thé son ancien clan, et prêtait l'oreille à ses nouvelles expériences. Pour sa propre part, disait-elle à ses anciennes élèves, elle ne pensait pas grand-chose de bon des promesses de ses nouvelles élèves ; elle décrivait quelques-unes de ses nouvelles fillettes, et faisait rire les anciennes, ce qui soudait ensemble, plus que jamais, les membres de son clan, et leur donnait le sentiment d'être élus. Tôt ou tard, elle demandait à ses invitées ce qu'elles fabriquaient en classe de dessin, étant donné que maintenant les filles avaient pour professeur Teddy Lloyd, avec sa mèche dorée et son bras unique.

Il y avait toujours beaucoup à raconter au sujet du cours de dessin. M. Lloyd, le premier jour, eut du mal à maintenir l'ordre. Après tant d'heures bien remplies et qui ne leur étaient pas familières, après tant de cours sur diverses matières précises, les filles éprouvèrent aussitôt le caractère détendant de la salle de dessin, et débordèrent de décontraction. M. Lloyd, de sa voix enrouée, leur cria de se taire. C'était extrêmement tonifiant.

Il essayait d'expliquer la nature et l'aspect d'une ellipse en élevant une soucoupe dans sa main droite, sa main unique, très haut au-dessus de sa tête, puis plus bas. Mais son apparence romantique et son rauque : « Silence ! » avaient produit une réaction de fous rires, de ton et de hauteur variables.

« Si vous ne vous taisez pas, je jette par terre cette soucoupe », menaça-t-il.

Elles eurent beau essayer, elles ne réussirent pas à se taire.

Il fracassa par terre la soucoupe.

Au milieu du silence de mort qui suivit, il s'en prit à Rose Stanley et, désignant les fragments de soucoupe, par terre, lui dit : « Vous, là-bas, la fille au profil… ramassez-moi ça. »

Il tourna les talons pour aller faire autre chose à l'autre bout de la longue salle, durant le reste de l'heure, tandis que les filles jetaient un regard neuf sur le profil de Rose Stanley, s'émerveillaient du style de M. Lloyd, et se mettaient sérieusement à dessiner une bouteille disposée devant un rideau. Jenny fit observer à Sandy que Mlle Brodie avait vraiment bon goût.

« Il a un tempérament d'artiste, bien sûr », dit Mlle Brodie quand on lui eut raconté la soucoupe. Et quand elle apprit qu'il avait appelé Rose « vous, la fille au profil », elle regarda Rose d'une manière spéciale, cependant que Sandy regardait Mlle Brodie.

L'intérêt que Sandy et Jenny portaient aux amoureux de Mlle Brodie était entré dans une phase nouvelle depuis qu'elles avaient enfoui leur dernière œuvre, et qu'elles avaient accédé à l'école des grandes. Elles avaient cessé de considérer toute chose dans un contexte sexuel ; il s'agissait plutôt, maintenant, de sonder les abîmes du cœur humain. L'univers de la pure sexualité leur paraissait à des années-lumière de distance. Jenny avait douze ans révolus. Sa mère ayant récemment donné le jour à un petit garçon, cet événement ne les avait pas même incitées à spéculer sur son origine.

« À l'école des grandes, il ne nous reste pas beaucoup de temps pour nos recherches sexuelles, commenta Sandy.

— J'ai l'impression d'avoir dépassé ça », répliqua Jenny. C'était l'étrange vérité ; Jenny cessa d'éprouver son précoce émerveillement érotique jusqu'à un jour soudain où, actrice de réputation moyenne, mariée à un directeur de théâtre, alors qu'elle approchait de la quarantaine, elle se retrouva avec un homme qu'elle ne connaissait pas très bien, devant un célèbre édifice de Rome, à attendre la fin d'une averse. Elle eut la surprise d'un réveil de cette même allègre et désinvolte découverte du sexe, une sensation globable dont il était impossible de déterminer si elle était physique ou mentale, mais seulement qu'elle contenait les naïves délices perdues de la onzième année. Jenny supposait qu'elle était tombée amoureuse de cet homme, lequel aurait pu, songeait-elle, être orienté vers elle, à sa propre manière, hors de son monde à lui dont Jenny ignorait en grande partie les attaches. La situation était sans la moindre issue, Jenny étant depuis seize ans heureuse en ménage ; mais ce bref événement devait la remplir de stupéfaction chaque fois qu'elle devait y repenser par la suite, et lui donnait le sentiment des possibilités cachées en toute chose.

« La gouvernante de Monsieur Lowther l'a quitté, annonça Mlle Brodie un après-midi. Quelle ingratitude ! Cette maison de Cramond est facile à tenir. Je n'ai jamais eu de sympathie pour cette femme, ainsi que vous le savez. Je crois qu'elle m'en voulait de ma situation d'amie et confidente de Monsieur Lowther ; mes visites paraissaient déplaire à cette gouvernante. Monsieur Lowther compose, en ce moment, de la musique pour des chansons. Il convient de l'encourager. »

Le samedi suivant, elle annonça aux filles que les sœurs couturières, Mlle Ellen et Mlle Alison Kerr, s'étaient chargées de la tâche temporaire de gouvernantes de M. Lowther, puisqu'elles habitaient près de Cramond.

« Je crois ces sœurs trop curieuses, commenta Mlle Brodie. Elles sont en trop bons termes avec Mademoiselle Sinistre et l'Église d'Écosse. »

Les samedis après-midi, une heure était consacrée aux leçons de grec de Mlle Brodie, car elle avait insisté pour que Jenny et Sandy lui enseignassent le grec en même temps qu'elles l'apprenaient. « Cette pratique résulte d'une ancienne tradition, expliquait Mlle Brodie. De nombreuses familles, au temps jadis, n'avaient les moyens d'envoyer qu'un seul enfant à l'école ; sur quoi, cet unique écolier de la famille transmettait aux autres, le soir, ce qu'il avait appris le matin. Je voulais depuis longtemps apprendre le grec ; cet arrangement servira en outre à imprimer dans votre propre esprit vos connaissances. John Stuart Mill, âgé de cinq ans, se levait à l'aube afin d'apprendre le grec ; or, ce que John Stuart Mill était capable de faire à l'aube, dans sa petite enfance, je puis moi aussi le faire, le samedi après-midi, dans la force de mon âge. »

Elle progressait en grec, bien qu'elle s'embrouillât quelque peu dans les accents, étant différemment informée par Jenny et Sandy, lesquelles, à tour de rôle, lui transmettaient chaque semaine ce qu'elles avaient appris de cette langue. Mlle Brodie n'en était pas moins résolue à pénétrer dans la nouvelle vie de ses filles d'élection, et à la partager ; ce qu'elle considérait comme inhumain dans leurs nouvelles préoccupations, ou ce qui était hors de portée de sa propre influence, elle le traitait par le mépris.

Elle affirmait : « Il est spirituel de dire qu'une ligne droite est le plus court chemin d'un point à un autre, ou qu'un cercle est une figure plane, limitée par une ligne unique et dont chaque point se trouve à égale distance d'un centre fixe. Mais il ne s'agit là que d'un jeu d'esprit. Tout le monde sait en quoi consistent une ligne droite et un cercle. »

Lorsque, après les examens de la fin du premier trimestre, elle jeta un coup d'œil aux questions que l'on avait posées aux élèves, elle lut à voix haute, avec le plus grand mépris, quelques-unes des plus contestables de ces questions : « Un laveur de carreaux transporte une échelle uniforme de 30 kg, longue de 5 m, à une extrémité de laquelle est suspendu un seau d'eau pesant 20 kg. En quel point cet homme doit-il soutenir l'échelle afin de la porter horizontalement ? Où se trouve le centre de gravité de son chargement ? » Mlle Brodie, après avoir lu à voix haute cet énoncé, regarda le papier comme pour indiquer qu'elle n'en pouvait croire ses yeux. À maintes reprises, elle donna à entendre à ses filles que la solution de problèmes pareils serait sans la moindre utilité à Sybil Thorndike, Anna Pavlova et feu Hélène de Troie.

Mais le clan Brodie était, dans l'ensemble, encore ébloui par ses nouvelles matières. Il ne devait plus jamais en aller de même au cours des années suivantes, lorsque les langages de la physique et de la chimie, de l'algèbre et de la géométrie eurent perdu leur étrangeté primitive, formèrent chacun un secteur individuel de la vie, doté de son propre ennui habituel, et se furent transformés en un dur labeur. Monica Douglas elle-même, qui devait par la suite développer une si remarquable intelligence des mathématiques, ne fut manifestement jamais aussi enchantée de soi que lorsqu'elle eut pour la première fois soustrait *x* de *y*, et de *a* le résultat ; jamais ensuite elle ne devait paraître aussi heureuse.

Avec la concentration la plus intense, Rose Stanley trancha un ver par le milieu lors de son premier trimestre de biologie, bien que, deux trimestres plus tard, pareille idée lui donnât le frisson, et qu'elle eût renoncé à cette matière. Eunice Gardiner découvrit la révolution industrielle, ses mérites et ses torts, au point que le professeur d'histoire, une communiste végétarienne, fonda sur Eunice de grandes espérances qui tombèrent à l'eau en quelques mois, quand Eunice en revint à la lecture de romans inspirés par la vie de Marie Stuart. Sandy, qui avait une mauvaise écriture, passait des heures à mouler des caractères grecs en rangs soignés dans ses cahiers tandis que Jenny tirait la même fierté de dessiner, pour illustrer ses notes de chimie, des appareillages scientifiques. Il n'est pas jusqu'à cette imbécile de Mary Macgregor qui ne s'étonnât elle-même de comprendre *La Guerre des Gaules*, de César, qui ne mettait pas encore à contribution son imagination déficiente, et dont les mots lui étaient plus faciles à orthographier et prononcer que l'anglais jusqu'à ce qu'il apparût soudain, un jour, d'après une dissertation qu'elle avait été obligée d'écrire, qu'elle croyait que ce document datait de l'époque de Samuel Pepys ; alors, on redonna tort à Mary, on la tortura de questions approfondies, on l'amena à confesser à tout l'univers secoué d'amusement son idée que latin et sténographie n'étaient qu'une seule et même discipline.

Mlle Brodie eut bien du fil à retordre au cours de ces tout premiers mois, alors que l'école des grandes captivait son clan, qui manifestait la faculté d'enthousiasme qu'elle-même lui avait inculquée. Mais, ayant gagné la bataille contre l'esprit d'équipe, elle ne désespérait point. Il sautait aux yeux, même alors, que son principal souci était la crainte que les filles ne s'attachassent personnellement à l'un quelconque des professeurs des grandes ; néanmoins, elle s'abstenait avec soin de toute attaque directe, étant donné la totale indifférence manifestée envers sa couvée par les professeurs eux-mêmes.

Dès le dernier trimestre, les heures préférées des filles étaient celles qu'elles passaient, sans se creuser la cervelle, au gymnase, à se balancer de-ci de-là aux barres parallèles, à se suspendre la tête en bas aux barres murales, ou bien à grimper à la corde jusqu'au plafond ; elles rivalisaient toutes avec l'agile Eunice pour se hisser à l'aide des mains, des genoux et des pieds ainsi que des singes en train de grimper à quelque liane tropicale ; pendant ce temps, la prof de gym, un mince petit bout de femme dynamique aux cheveux gris, leur montrait ce qu'il fallait faire et criait chacun de ses commandements avec un fort accent écossais entremêlé d'une toux sèche qui devait la faire envoyer, plus tard, dans un sanatorium suisse.

Dès le dernier trimestre, pour conjurer les accès d'ennui, ainsi que pour concilier les nécessités de la journée de travail avec leur amour de Mlle Brodie, Sandy et Jenny s'étaient mises à appliquer leurs connaissances nouvellement acquises à Mlle Brodie, sur un mode allègre. « Si l'on pesait dans de l'air et puis dans de l'eau Mademoiselle Brodie… » Et quand M. Lowther ne semblait pas tout à fait dans son assiette en classe de chant, elles se remémoraient l'une à l'autre qu'une Jean Brodie, plongée dans un liquide, déplace son propre poids de Gordon Lowther.

Bientôt, à la fin du printemps de 1933, les leçons de grec de Mlle Brodie, le samedi après-midi, prirent fin par suite des besoins de M. Lowther qui, dans sa maison de Cramond que les filles n'avaient pas vue encore, était approvisionné bien volontiers par les maîtresses de couture, Mlle Ellen et Mlle Alison Kerr. Comme elles habitaient sur la côte à proximité, il leur était facile d'aller à tour de rôle s'occuper de M. Lowther après les heures de classe, lui préparer son dîner et pourvoir à son petit déjeuner ; ce n'était pas seulement facile, c'était agréable de faire une bonne action ; c'était aussi lucratif, de façon distinguée. Le samedi, soit Mlle Ellen, soit Mlle Alison comptait le linge de M. Lowther pour le blanchissage, et lui tenait sa maison. Certains samedis matin, toutes deux s'activaient pour lui ; Mlle Ellen surveillait la femme qui venait faire le ménage, tandis que Mlle Alison effectuait les achats de la semaine. Jamais de toute leur existence elles n'avaient été aussi guillerettes, ni aussi utiles, en particulier depuis le décès de leur sœur aînée, qui leur avait toujours dit ce qu'elles devaient faire de leurs loisirs au fur et à mesure qu'ils se présentaient, de sorte que Mlle Alison ne put jamais s'habituer à s'entendre appeler mademoiselle Kerr, et que Mlle Ellen ne put jamais trouver le courage d'aller chercher un livre à la bibliothèque, faute d'ordre de la regrettée Mlle Kerr.

Mais la sœur du pasteur, la sinistre Mlle Sinistre, succédait en secret aux fonctions de la sœur défunte. Ainsi que cela devait se révéler plus tard, Mlle Sinistre approuvait les arrangements des demoiselles Kerr avec Gordon Lowther, et les encourageait à rendre permanents ces arrangements, dans leur intérêt propre et aussi pour des raisons personnelles, liées à Mlle Brodie.

Jusqu'alors, les visites de Mlle Brodie à M. Lowther avaient eu lieu le dimanche. Le dimanche matin, elle allait toujours à l'église ; elle observait un roulement de confessions et de sectes différentes, comprenant les Églises libres d'Écosse, les Églises méthodiste, épiscopalienne, et n'importe quelle autre Église qu'elle pouvait découvrir en dehors de la catholique. Sa désapprobation de l'Église romaine reposait sur ses assertions qu'il s'agissait d'une Église de superstitions, et que seuls étaient catholiques des gens qui refusaient de penser par eux-mêmes. À certains égards, l'attitude de Mlle Brodie était étrange, car elle était par tempérament faite uniquement pour l'Église catholique ; peut-être que l'Église catholique aurait pu contenir, tout en les disciplinant, les hauts et les bas de son esprit ; peut-être même l'aurait-elle normalisée. Mais peut-être était-ce précisément la raison qui poussait Mlle Brodie, bien qu'amoureuse de l'Italie, à fuir cette Église ; Mlle Brodie, quand il était question de l'Église catholique, appelait à son aide un côté rigide d'elle-même, d'origine édimbourgeoise, quoiqu'en dehors de cela cet aspect ne fût pas très évident chez elle. À la place de l'Église catholique, elle faisait donc la tournée des Églises non romaines, sans presque jamais sauter un dimanche matin. Elle n'avait pas le moindre doute ; elle faisait savoir à tout le monde qu'elle n'avait pas le moindre doute, que Dieu Se trouvait dans son camp, quelle que fût sa ligne de conduite ; aussi n'éprouvait-elle aucune difficulté, aucun sentiment d'hypocrisie à faire ses dévotions dans le même temps qu'elle couchait avec le professeur de chant. Tout comme un excès de sentiment de culpabilité risque de pousser à des actes excessifs, Mlle Brodie y était poussée par un excès d'absence de culpabilité.

Les effets secondaires de cette situation se révélaient tonifiants pour ses élèves d'élection, en ceci qu'à certains égards elles participaient à l'absolution générale que Mlle Brodie s'était donnée à elle-même ; ce ne fut que rétrospectivement qu'elles furent capables d'envisager pour ce qu'elle était la liaison de Mlle Brodie avec M. Lowther, c'est-à-dire à la lumière des faits. Durant tout le temps qu'elles se trouvèrent sous l'influence de Mlle Brodie, elle et ses actes se situèrent en dehors du contexte de bien et de mal. Il fallut attendre vingt-cinq ans et que Sandy se fût assez remise d'une insidieuse conception du désordre pour qu'en se penchant sur le passé, elle pût reconnaître que le sens déficient de l'autocritique, chez Mlle Brodie, n'avait pas été sans effets bénéfiques et enrichissants ; à cette époque, Sandy avait déjà trahi Mlle Brodie, et Mlle Brodie était couchée dans sa tombe.

C'était après l'église matinale, le dimanche, que Mlle Brodie allait à Cramond, déjeuner et passer l'après-midi, avec M. Lowther. Elle passait également avec lui le dimanche soir et le plus souvent la nuit dans un net esprit de devoir, sinon tout à fait de martyre, étant donné que son cœur était auprès du professeur de dessin, à qui elle avait renoncé.

M. Lowther, avec son long corps et ses jambes courtes, était un être timide et qui souriait à presque tout le monde, de sous sa moustache d'un roux doré, un être qui parvenait gentiment à ses fins avec presque tout le monde, parlait peu et chantait beaucoup.

Quand il devint assuré que les sœurs Kerr avaient succédé, de façon permanente, à la gouvernante de ce timide et souriant célibataire, Mlle Brodie se mit dans la tête qu'il maigrissait. Elle annonça cette découverte au moment précis où Jenny et Sandy avaient remarqué, chez Mlle Brodie, une apparence plus svelte, et s'étaient mises à se demander, étant donné qu'elles approchaient de leur treizième année et que leurs yeux se concentraient davantage sur de pareils sujets, si Mlle Brodie pouvait être physiquement belle ou désirable pour les hommes. L'envisageant sous un nouvel éclairage, elles décrétèrent qu'elle avait une certaine beauté profondément romantique, qu'elle avait perdu du poids par suite de sa passion malheureuse pour M. Lloyd, remplacée par cette noble façon de se charger de M. Lowther, et que cela lui allait.

Maintenant, Mlle Brodie assurait : « Monsieur Lowther a maigri, ces temps-ci. Je n'ai pas confiance en ces sœurs Kerr : elles lésinent sur sa nourriture ; elles ont un esprit mesquin. Les provisions qu'elles laissent à Monsieur Lowther, le samedi, sont à peine suffisantes pour lui faire son dimanche, sans parler du restant de la semaine. Si seulement on pouvait convaincre Monsieur Lowther de déménager de cette grande maison pour prendre un appartement à Édimbourg, il serait tellement plus facile de s'occuper de lui ! Il a besoin que l'on s'occupe de lui. Mais il refuse de se laisser convaincre. Impossible de convaincre un homme qui, au lieu d'exprimer son désaccord, vous sourit. »

Elle résolut de surveiller les sœurs Kerr, le samedi, à Cramond, alors qu'elles se livraient à leurs préparatifs domestiques en vue de la semaine à venir de M. Lowther. « Elles sont bien payées pour cela, commentait Mlle Brodie. J'irai là-bas veiller à ce qu'elles commandent ce qu'il faut, et en suffisance. » Cette résolution aurait pu sembler audacieuse, mais les filles ne l'envisageaient pas sous cet angle. Elles pressèrent chaleureusement Mlle Brodie de s'abattre sur les Kerr afin d'intervenir, en partie dans l'espoir de quelque sensationnelle conséquence, et en partie parce que M. Lowther trouverait bien le moyen d'apaiser d'un sourire tout conflit éventuel ; en outre, les sœurs Kerr étaient assez poltronnes ; et surtout, Mlle Brodie était sans difficulté l'égale des deux sœurs prises ensemble ; elle était le carré de l'hypoténuse d'un triangle rectangle, et les deux sœurs n'étaient que les carrés des deux autres côtés.

Les sœurs Kerr prirent l'intrusion de Mlle Brodie avec beaucoup de soumission ; et le fait qu'elles discutaient si peu n'importe quelle autorité qui s'imposait à elles expliquait précisément pourquoi elles n'hésitèrent pas non plus, par la suite, à répondre aux questions subséquentes de Mlle Sinistre. Mlle Brodie, entre-temps, se mit en devoir d'engraisser M. Lowther ; et comme cela voulait dire qu'elle passait à Cramond ses samedis après-midi, le clan Brodie fut invité à aller deux par deux, chaque semaine, la voir chez M. Lowther où, souriant, il leur tapotait les cheveux ou tirait les anglaises de la jolie Jenny tout en guettant reproche, approbation ou quelque chose de ce genre, dans les yeux bruns de Jean Brodie. Elle leur servait le thé pendant qu'il souriait ; souvent, ayant reposé sa tasse et sa soucoupe, il allait s'asseoir au piano pour entonner une chanson. Il chantait :

« *Marchez, marchez, Ettrick et Teviotdale !*
Pourquoi diantre n'avoir pas avancé en ordre ?
Marchez, marchez, Eskdale et Liddesdale !
Car tous les Bérets bleus[1] *marchent vers la frontière.* »

À la fin de la chanson, il faisait son sourire transi de timidité, et reprenait sa tasse de thé, les yeux levés de sous ses sourcils poil de carotte vers Jean Brodie afin de voir ce qu'elle pensait de lui à ce moment-là. Pour Gordon, elle était Jean, un détail dont aucun des membres du clan Brodie ne croyait devoir faire part à quiconque.

À Sandy et Jenny, Jean Brodie rapporta : « Avec ces espèces de sœurs Kerr, je n'y suis pas allée par quatre chemins. Elles affamaient Monsieur Lowther. Maintenant, c'est moi qui m'occupe des provisions. Je descends, ne l'oubliez pas, de Willie Brodie, un homme qui avait du bien, ébéniste et créateur de

1. Les Écossais. *(N.d.T.)*

potences, membre du conseil municipal d'Édimbourg ; il entretenait deux maîtresses, qui lui ont donné cinq enfants à elles deux. Bon sang ne saurait mentir. Ce Willie Brodie jouait beaucoup aux dés et aux combats de coqs. La police, en fin de compte, le rechercha pour cambriolage d'un bureau de perception – non qu'il eût besoin de cet argent : il n'était cambrioleur nocturne que pour le danger que cela comportait. Bien sûr, il fut arrêté à l'étranger, et ramené à la prison de Tolbooth, mais cela ne fut qu'un pur hasard. Il mourut bien volontiers sur un gibet qu'il avait conçu lui-même, en 1788. Quoi qu'il en soit de tout cela, c'est l'étoffe dont je suis faite, et je n'ai pas admis ni n'admettrai la moindre sottise, de la part de Mademoiselle Ellen et de Mademoiselle Alison Kerr. »

M. Lowther chantait :

« Mère, ô mère, fais mon lit ;
Oh ! fais-le doux et étroit,
Car aujourd'hui mon bien-aimé est mort pour moi,
Et je mourrai demain pour lui. »

Après quoi, il regarda Mlle Brodie. Mais elle examinait le bord ébréché d'une tasse à thé. « C'est Mary Macgregor qui doit l'avoir ébréchée, décréta-t-elle. Mary se trouvait ici, dimanche dernier, avec Eunice ; or elles ont fait la vaisselle ensemble. C'est Mary qui doit avoir ébréché cette tasse. »

Au-dehors, sur la pelouse estivale, les pâquerettes scintillaient. La pelouse s'étendait, large et longue ; à son extrémité, c'est à peine si l'on pouvait distinguer le petit bois ; or, ce bois lui-même appartenait à M. Lowther, ainsi que les champs qui s'étendaient au-delà. Pour timide, musicien et doux que fût M. Lowther, c'était un homme qui avait du bien.

Sandy, maintenant, examinait Mlle Brodie non seulement pour voir si elle était désirable, mais aussi pour découvrir si elle présentait le moindre signe d'abdication : c'était la partie de l'entreprise la plus difficile à réaliser. Mlle Brodie avait été une présence dominatrice, plutôt qu'une femme matérielle comme Norma Shearer ou bien Elizabeth Bergner. Mlle Brodie avait maintenant quarante-trois ans ; et cette année-ci, où elle paraissait tellement plus mince que lorsqu'elle s'était tenue debout dans la salle de classe ou assise sous l'orme, ses formes étaient plus agréables, mais demeuraient assez vastes, comparées à celles de M. Lowther, fluet et plus court qu'elle. Il la regardait avec amour ; à quoi elle répondait par un regard sévère et possessif.

Dès la fin du dernier trimestre, quand tous les membres du clan Brodie eurent leurs treize ans révolus, ou presque révolus, Mlle Brodie les interrogea, lors de leurs visites hebdomadaires deux par deux, sur leurs cours de dessin. Les filles s'intéressaient toujours de près aux classes de dessin de Teddy Lloyd ainsi qu'à tous ses faits et gestes, tirant un grand parti du détail, de manière à fournir un agréable sujet de conversation avec Mlle Brodie quand venait leur tour d'aller la voir chez Gordon Lowther, à Cramond.

Il s'agissait d'une vaste maison à pignons, dotée d'une tourelle ornementale. L'allée boisée qui montait de la route formait de si nombreux tours et détours, la pelouse du devant était si étroite que l'on ne parvenait jamais à distinguer la maison de la petite distance exigée par sa taille, et qu'il fallait tendre le cou vers le haut si l'on voulait ne fût-ce qu'apercevoir la tourelle. Le dos de la maison était tout à fait simple. Les pièces, vastes et sombres, étaient dotées de jalousies. Les balustres de l'escalier, parties d'une paire de têtes de lions sculptées, montaient, montaient, tournaient, tournaient aussi loin que le regard pouvait atteindre. Tous les meubles, de grandes dimensions, étaient sculptés, mouchetés d'ornements d'argent et de verre rose. La bibliothèque, au rez-de-chaussée, où Mlle Brodie recevait ses invitées, comportait un grand nombre de casiers à livres vitrés, à l'intérieur tellement obscur que l'on ne pouvait distinguer le titre des ouvrages sans les scruter de près. Un piano à queue se trouvait placé en travers d'un angle de la pièce ; une coupe de roses, en été, surmontait ce piano.

Il s'agissait là d'une maison passionnante à explorer ; aussi, les jours où Mlle Brodie s'occupait bizarrement, à la cuisine, de quelque énorme préparation alimentaire en vue du lendemain – au cours des mois où venait de débuter son obsession concernant l'alimentation de M. Lowther –, les filles étaient-elles libres de vagabonder en haut du grand escalier, leur respect mêlé de crainte les poussant à se tenir par la main, d'ouvrir les portes pour jeter un coup d'œil à l'intérieur des chambres à coucher ensevelies sous la poussière, en particulier deux pièces que l'on avait oublié de meubler convenablement ; dans l'une, il y avait un vaste bureau, pas même une carpette ; l'autre était vide, à l'exception d'une ampoule électrique et d'un gros pichet bleu. Ces pièces étaient glaciales, quelle que fût l'époque de l'année. Quand les visiteuses, à la suite de ces expéditions, redescendaient l'escalier, M. Lowther se tenait souvent debout à les attendre, souriant avec timidité dans le hall, les mains jointes, comme s'il eût espéré que tout était à leur convenance. Ayant pris des roses dans la coupe, il en offrait une à chacune des filles, avant leur retour chez elles.

M. Lowther, chez lui, ne paraissait jamais tout à fait chez lui bien qu'il y fût né. Toujours, il regardait Mlle Brodie afin de quêter son approbation avant de toucher à quoi que ce fût ou d'ouvrir une armoire, comme si, en réalité, il n'avait pas eu le droit d'y toucher sans autorisation. Les filles en conclurent qu'il se pouvait que sa mère, alors morte depuis quatre ans, l'eût maintenu toute sa vie en tutelle, et qu'il fût par conséquent incapable de se considérer comme le maître de la maison.

Assis là, silencieux et reconnaissant, il regardait Mlle Brodie recevoir les deux filles dont c'était le tour d'être invitées, alors qu'elle avait déjà inauguré son projet d'engraisser M. Lowther, projet qui devait se développer dans des proportions tellement énormes que cette manie de gavage devint le sujet de conversation de Mlle Ellen et de Mlle Alison Kerr, et par conséquent de l'école des petites. Un jour que c'était le tour de visite de Sandy et Jenny, Mlle Brodie, pour le thé seul, servit à M. Lowther une magnifique salade de langouste, des sandwiches au pâté de foie, du cake et du thé, suivis d'un bol de porridge à la crème. Ces mets lui furent présentés sur un plateau destiné à lui seul, ce qui montrait bien qu'il suivait un régime spécial. Sandy était curieuse de voir si M. Lowther viendrait à bout du porridge ainsi que de tout le reste. Or il vint à bout de l'ensemble avec une impassible soumission tandis que Mlle Brodie interrogeait les filles : « Que faites-vous en classe de dessin, pour le moment ?

— Nous travaillons pour le concours d'affiches.

— Et Monsieur Lloyd… il va bien ?

— Oh ! oui, il est très amusant. Il nous a montré son atelier, il y a une quinzaine de jours.

— Quel atelier ? Où donc ? Chez lui ? » Mlle Brodie le savait pourtant parfaitement.

« Oui, c'est un grand grenier tout en longueur ; il…

— Avez-vous rencontré son épouse ? Elle était comment ? Que vous a-t-elle dit ? Vous a-t-elle offert le thé ? Comment sont les enfants ? Qu'avez-vous fait quand vous y êtes allées ?... »

Elle ne tentait pas de cacher à son hôte en train de mastiquer le vif intérêt qu'elle portait au professeur de dessin. Les yeux de M. Lowther avaient une expression mélancolique, cependant qu'il continuait de manger. Sandy et Jenny savaient que des questions similaires avaient été posées avec insistance à Mary Macgregor et Eunice Gardiner, la semaine précédente, ainsi qu'à Rose Stanley et Monica Douglas, la semaine d'avant. Mais pour Mlle Brodie, les versions de la même histoire n'étaient jamais assez nombreuses, si cette histoire concernait Teddy Lloyd ; et maintenant que les filles s'étaient rendues chez lui – une vaste maison délabrée, chaleureuse et non conformiste, au nord d'Édimbourg –, Mlle Brodie se trouvait dans tous ses états par suite du simple contact avec ces filles qui avaient récemment respiré l'atmosphère Lloyd.

« Combien d'enfants ? questionnait Mlle Brodie, sa théière immobilisée au-dessus d'une tasse.

— Cinq, je crois, répondit Sandy.

— Six, je crois, en comptant le bébé, rectifia Jenny.

— Il y a des tas de bébés, fit remarquer Sandy.

— Des catholiques, bien sûr, expliqua Mlle Brodie à l'intention de M. Lowther.

— Mais le plus petit des bébés…, insista Jenny. Tu as oublié de compter le tout-petit. Ça fait six. »

Mlle Brodie versa le thé, et jeta un coup d'œil à l'assiette de Gordon Lowther.

« Gordon, proposa-t-elle, un gâteau. »

Il secoua la tête et répondit avec douceur, comme afin de l'amadouer : « Oh ! non, non…

— Si, Gordon. C'est excellent. » Elle lui fit ingurgiter un gâteau de Chester, et lui parla sur un ton légèrement plus édimbourgeois que d'ordinaire, de manière à le dédommager par ces deux moyens de l'amour qu'elle portait à Teddy Lloyd au lieu de le lui porter à lui.

« Vous devez engraisser, Gordon, expliqua-t-elle. Vous devrez avoir pris douze kilos avant mon départ en vacances. »

Il sourit de son mieux à tout le monde à tour de rôle, la tête basse et la mâchoire en activité ralentie. Mlle Brodie, entre-temps, reprenait :

« Et Madame Lloyd… est-elle une femme, diriez-vous, dans son bel âge ?

— Peut-être pas encore, répondit Sandy.

— Mon Dieu, Madame Lloyd l'a peut-être dépassé, répondit Jenny. C'est difficile à dire avec ses cheveux longs qui lui tombent sur les épaules. Ça la fait paraître jeune, bien qu'elle ne le soit peut-être pas.

— En réalité, elle a l'air comme si elle ne devait pas avoir de bel âge, dit Sandy.

— Dans cette phrase, l'expression "a l'air" forme redondance... Quel est le prénom de Madame Lloyd ?

— Deirdre », répondit Jenny ; Mlle Brodie, alors, examina ce prénom comme s'il eût été nouveau pour elle, bien qu'elle l'eût entendu prononcer, la semaine précédente, par Eunice et Mary, ainsi que, la semaine d'avant celle-là, par Monica et Rose ; M. Lowther aussi. Dehors, une petite pluie se mit à tomber sur les feuillages de M. Lowther.

« Un prénom celte », commenta Mlle Brodie.

Sandy rôdait à la porte de la cuisine, attendant que Mlle Brodie vînt faire une promenade au bord de la mer. Mlle Brodie soumettait à une préparation quelconque un énorme jambon, avant de le plonger dans une énorme marmite. Les nouvelles entreprises aventureuses de Mlle Brodie dans l'art culinaire ne portaient pas le moindre ombrage à sa grandeur précédente : tout ce qu'elle préparait pour Gordon Lowther paraissait vaste, qu'il s'agît d'entremets de dimensions familiales destinés à lui durer la semaine, de quartiers de bœuf ou d'agneau, ou d'un gros saumon entier, aux yeux irrités.

« Je dois mettre ceci à cuire pour le dîner de Monsieur Lowther, expliqua-t-elle à Sandy, et veiller à ce qu'il dîne avant de rentrer chez moi ce soir. »

Toujours, jusqu'alors, elle sauvegardait l'idée qu'elle rentrait chez elle en ces soirées de fin de semaine, et laissait M. Lowther seul dans la grande maison. Les filles, jusqu'alors, n'avaient découvert aucune preuve du contraire, et n'en devaient jamais découvrir ; Mlle Ellen Kerr, peu de temps après, fut amenée par Mlle Sinistre devant la directrice afin de témoigner qu'elle avait trouvé la chemise de nuit de Mlle Brodie sous un oreiller du lit pour deux personnes où couchait M. Lowther. Elle l'avait trouvée en changeant le linge ; c'était sous l'oreiller du côté éloigné du lit, le plus proche du mur, qu'avait été découverte la chemise de nuit soigneusement pliée.

« Comment savez-vous que cette chemise de nuit appartenait à Mademoiselle Brodie ? » interrogea Mlle Mackay, femme à l'esprit délié qui flairait sa proie toute proche et pourtant la voyait fort éloignée. Debout, une main sur le dossier de son fauteuil, elle se penchait en avant, tout ouïe.

« Chacun doit en tirer ses propres conclusions, répondit Mlle Sinistre.

— Je m'adresse à Mademoiselle Ellen.

— Oui, chacun doit en tirer ses propres conclusions, répéta Mlle Ellen, dont les joues émaciées et couperosées luisaient d'agitation. C'était du crêpe de Chine.

— Il n'y a pas de preuves, dit Mlle Mackay en s'asseyant à son bureau. Revenez me voir, ajouta-t-elle, si vous avez des preuves indiscutables… Qu'avez-vous fait de ce vêtement ? L'avez-vous montré à Mademoiselle Brodie ?

— Oh ! non, mademoiselle Mackay, fit Mlle Ellen.

— Vous auriez dû le lui montrer. Vous auriez dû lui dire : “Mademoiselle Brodie, venez donc ici une minute ; pouvez-vous m’expliquer ceci ?” Voilà ce que vous auriez dû lui dire… Est-ce que la chemise de nuit est encore là ?

— Oh ! non, elle a disparu.

— Cela montre l’impudence de cette femme », commenta Mlle Sinistre.

Tout cela fut rapporté à Sandy par la directrice en personne, la fois suivante où Sandy la considérait d’un air de dégoût avec ses petits yeux, et, éludant les questions tout à fait crues que lui posait cette femme au visage vulgaire, se trouvait poussée par diverses autres considérations à trahir Mlle Brodie.

« Mais avant de rentrer chez moi, ce soir, il me faut organiser les repas de ce cher garçon », disait Mlle Brodie au cours de l’été 1933, alors que Sandy s’appuyait contre la porte de la cuisine, les jambes lui démangeant de courir le long de la mer. Jenny vint la rejoindre ; toutes deux aidèrent Mlle Brodie, et virent, sur la grande et vieille table de cuisine, les provisions entassées qui résultaient des achats du matin. Là-bas, sur la table de la salle à manger, au-dessus de larges coupes de fruits s’empilaient des caisses de dattes, comme si c’eût été Noël, et la cuisine, celle d’un hôtel de vacances.

« Est-ce que tout ça ne va pas donner à Monsieur Lowther une indigestion ? demanda Sandy à Jenny.

— Pas s'il mange ses légumes verts », répondit Jenny.

Tandis qu'elles attendaient que Mlle Brodie, en héroïne qu'elle était, eût paré le gros jambon, on entendait M. Lowther, au piano dans la bibliothèque, chanter assez poussivement et mélancoliquement :

« Ô vous, habitants de la terre,
Chantez gaiement le Seigneur.
Servez-Le dans l'allégresse ;
Ses louanges répandez ;
Devant Lui réjouissez-vous. »

M. Lowther, maître de chapelle et « ancien » de l'église, ne s'était pas encore entendu conseiller discrètement par M. Sinistre le pasteur, frère de Mlle Sinistre, de renoncer à ces fonctions à la suite de la découverte de la chemise de nuit sous l'oreiller voisin du sien.

Bientôt, tout en mettant le jambon à feu doux et en assujettissant le couvercle sur la marmite, Mlle Brodie joignit au psaume sa riche voix de contralto qui donnait plus de corps aux notes :

« Alors, en Le louant, vous franchirez Ses grilles,
Et vous approcherez, joyeux, de Ses palais. »

La pluie avait cessé, et n'était plus maintenant, dans l'air salin, qu'en suspension humide. Tout au long du rivage, Mlle Brodie interrogea les filles, au rythme des vagues, sur l'aménagement de la maison de Teddy Lloyd, le genre de thé qu'on leur y servait, les dimensions et la clarté de l'atelier, ce qui se disait…

« Il avait un air très romantique, dans son atelier à lui, dit Sandy.

— Comment ça ?

— Je crois que c'était dû au fait qu'il n'avait qu'un seul bras, expliqua Jenny.

— Mais il n'a jamais qu'un seul bras !

— Il s'en servait plus que d'habitude, fit Sandy.

— Il l'agitait, précisa Jenny. De la fenêtre de l'atelier, il y a une très jolie vue. Il en est fier.

— L'atelier se trouve sous les combles, je présume ?

— Oui, il occupe tout le haut de la maison. Il y a là un nouveau portrait qu'il a fait de sa famille ; ce portrait est un tout petit peu drôle ; il commence par lui-même, très grand, puis sa femme. Puis tous les petits enfants en ordre décroissant jusqu'au bébé par terre ; ça forme une diagonale en travers du tableau.

— Qu'est-ce qui le rend drôle ? s'enquit Mlle Brodie.

— Tout le monde est absolument de face, et tout le monde a l'air grave, répondit Sandy. Ce tableau est censé faire rire. »

Ce qui fit rire un peu Mlle Brodie… Il y avait au loin, en travers du ciel, un merveilleux coucher de soleil, reflété dans la mer, veiné de sang, gonflé de violet et d'or vengeurs, comme si la fin du monde était arrivée sans déranger la vie de tous les jours.

« Il y a un autre portrait qui n'est pas terminé encore, de Rose, dit Jenny.

— Il a peint Rose ?

— Oui.

— Rose a posé pour lui ?

— Oui, depuis un mois environ. »

Mlle Brodie était tout en émoi. « Rose ne m'en a pas soufflé mot », dit-elle.

Sandy hésita. « Oh ! j'avais oublié. C'était censé être une surprise. Vous n'êtes pas censée le savoir.

— Eh quoi, ce portrait, je dois le voir ? »

Sandy eut un air confus car elle n'était pas sûre de ce que Rose avait voulu dire au juste en déclarant que son portrait devait être une surprise pour Mlle Brodie.

Jenny prit la parole : « Oh ! mademoiselle Brodie, c'est du fait qu'elle pose pour Monsieur Lloyd qu'elle voulait vous réserver la surprise. » Sandy se rendit compte, alors, que c'était exact.

« Ah ! fit Mlle Brodie, bien contente. Voilà qui est délicat de la part de Rose. »

Sandy fut jalouse, étant donné que Rose ne passait point pour être délicate.

« Comment donc est-elle habillée pour son portrait ? demanda Mlle Brodie.

— Avec sa tunique de gym.

— Elle est assise de côté, ajouta Jenny.

— De profil », précisa Mlle Brodie.

Mlle Brodie héla un pêcheur afin de lui acheter un homard à l'intention de M. Lowther. Cela fait, elle reprit :

« Rose ne saurait manquer d'être portraiturée à maintes reprises. Il se peut bien qu'elle pose, à l'avenir, pour Monsieur Lloyd : elle fait partie de la *crème de la crème.* »

Ces mots étaient prononcés d'un ton interrogateur. Les filles comprenaient qu'elle faisait effort en vue de coordonner une image complète à partir de leurs propos à bâtons rompus.

C'est pourquoi Jenny laissa tomber : « Oh ! oui, Monsieur Lloyd veut peindre Rose en velours rouge. »

Et Sandy ajouta : « Madame Lloyd a un bout de velours rouge à mettre autour d'elle ; ils l'essayaient autour d'elle.

— Vous devez y retourner ? questionna Mlle Brodie.

— Oui, nous toutes, répondit Sandy. Monsieur Lloyd trouve que nous formons un petit groupe drôlement chouette.

— N'avez-vous pas trouvé digne de remarque, demanda Mlle Brodie, que ce soit vous six que Monsieur Lloyd ait choisi d'inviter à son atelier ?

— Mon Dieu, nous formons un petit clan…, fit Jenny.

— Monsieur Lloyd a-t-il invité quelque autre élève de l'école que ce soit ? » Mlle Brodie, pourtant, connaissait la réponse.

« Oh ! non, seulement nous.

— C'est parce que vous êtes à moi, expliqua Mlle Brodie. je veux dire : vous portez mon empreinte et mon style, et je suis en mon bel âge. »

Jenny et Sandy n'avaient pas accordé grande attention au fait que le professeur de dessin les eût invitées en tant que groupe. Effectivement, il y avait quelque chose de curieux dans l'accueil favorable que réservait M. Lloyd au clan Brodie. Ici, il y avait un mystère à élucider, et il était clair que lorsque M. Lloyd pensait aux six filles, il pensait à Mlle Brodie.

« Sitôt qu'il nous voit, il demande toujours de vos nouvelles, déclara Sandy à Mlle Brodie.

— Oui, en effet, Rose me l'a dit », fit Mlle Brodie.

Soudain, pareilles à des oiseaux migrateurs, Sandy et Jenny furent d'accord pour s'enfuir ; alors, sans préavis, elles coururent au long de la plage de galets dans l'air empli de soleil couchant ; de retour auprès de Mlle Brodie, elles l'entendirent parler de ses prochaines vacances d'été, où elle allait devoir, elle en avait bien peur, laisser un M. Lowther engraissé se débrouiller seul avec l'assistance des demoiselles Kerr ; elle-même irait à l'étranger, non pas en Italie, cette année, mais en Allemagne où Hitler était devenu chancelier – un personnage prophétique à la façon de Thomas Carlyle, et plus digne de confiance que Mussolini ; les Chemises brunes allemandes, ajoutait-elle, étaient exactement la même chose que les Chemises noires italiennes, mais en plus dignes de confiance.

Jenny et Sandy allaient passer les vacances d'été dans une ferme où, à la vérité, elles n'auraient guère aux lèvres ni à l'esprit le nom de Mlle Brodie après les quinze premiers jours ; à la place, elles feraient les foins et suivraient partout les moutons. Toujours, durant les trimestres scolaires, il était malaisé de prendre conscience que l'on risquait d'oublier à demi l'univers de Mlle Brodie, de même que celui des groupes d'élèves : Holyrood, Melrose, Argyll et Biggar.

« Je me demande si des ris de veau au riz feraient plaisir à Monsieur Lowther », dit Mlle Brodie.

Cinq

« Tiens, mais on dirait Mademoiselle Brodie ! s'exclama Sandy. Ça ressemble énormément à Mademoiselle Brodie. » Alors, s'apercevant que la signification de ce qu'elle venait de dire s'était enrichie en passant de ses lèvres aux oreilles de M. et Mme Lloyd, elle ajouta : « Mais pourtant c'est Rose, ça ressemble davantage à Rose, ça ressemble énormément à Rose. »

Teddy Lloyd déplaça le nouveau portrait de manière à lui donner un autre éclairage. Cela ressemblait toujours à Mlle Brodie.

Deirdre Lloyd prit la parole : « Je ne connais pas Mademoiselle Brodie, il me semble. Elle est blonde ?

— Non, répondit, de sa voix enrouée, Teddy Lloyd, elle est brune. »

Sandy constata que la tête du portrait était blonde : il s'agissait bien du portrait de Rose. Rose était assise, de profil auprès d'une fenêtre, en robe de gym, les paumes des mains dirigées vers le bas, une sur chaque genou. Où résidait la ressemblance avec Mlle Brodie ? Dans le profil, peut-être ; dans le front, peut-être ; peut-être dans le regard fixe des yeux bleus de Rose, qui ressemblait au regard appuyé, dominateur, des yeux bruns de Mlle Brodie. Ce portrait ressemblait beaucoup à Mlle Brodie.

« C'est bien Rose », insista Sandy ; et Deirdre Lloyd la regarda.

« Ça vous plaît ? demanda Teddy Lloyd.

— Oui, c'est très joli.

— Eh bien, c'est le principal. »

Avec ses tout petits yeux, Sandy continuait à regarder le tableau ; Teddy Lloyd, cependant, recouvrit de sa housse de drap le portrait, d'un insouciant petit geste vif de son bras unique.

Deirdre Lloyd avait été la première femme à se déguiser en paysanne que Sandy eût jamais rencontrée ; or, les paysannes devaient demeurer à la mode au cours des trente années suivantes, au bas mot. Deirdre portait une assez longue et ample jupe foncée, un corsage vert vif aux manches retroussées, un collier de grosses boules de bois peint, et des anneaux d'oreilles du genre bohémienne. Une large ceinture d'un rouge vif lui ceignait la taille. Elle portait des bas marron foncé, et des sandales en daim vert foncé. Dans cette tenue, et diverses autres du même genre, Deirdre figurait sur la toile en différents points de l'atelier. Elle avait une voix séduisante, proche du rire. Elle dit :

« Nous en avons un nouveau, de Rose. Teddy, montre donc à Sandy le nouveau, de Rose.

— Il n'en est pas encore tout à fait au stade où l'on puisse le regarder.

— Eh bien, et *Velours rouge* ? Montre à Sandy celui-là… Teddy a fait un magnifique portrait de Rose, l'été dernier ; nous l'avons drapée dans du velours rouge, et nous avons intitulé ce portrait *Velours rouge*. »

Teddy Lloyd avait sorti un tableau de derrière quelques autres. Il le disposa dans la clarté, sur un chevalet. Sandy l'examina de ses yeux minuscules, auxquels il était stupéfiant que quiconque pût faire confiance.

Ce portrait ressemblait à Mlle Brodie. Sandy déclara : « J'aime bien les couleurs.

— Ça ressemble à Mademoiselle Brodie ? demanda, avec son presque rire, Deirdre Lloyd.

— Mademoiselle Brodie est une femme dans la force de l'âge, répondit Sandy ; mais il existe une ressemblance, maintenant que vous m'y faites penser. »

Deirdre Lloyd expliqua : « Rose n'avait que quatorze ans, à l'époque ; ce tableau lui donne un air très mûr ; mais à la vérité, elle est très mûre. »

Le velours cramoisi était drapé de telle sorte qu'il produisait deux effets à la fois : il faisait paraître Rose manchote à la façon du peintre lui-même, et les courbes de sa poitrine plus développées qu'elles ne l'étaient, fût-ce maintenant que Rose avait quinze ans. En outre, ce tableau ressemblait à Mlle Brodie, ce qui représentait sa caractéristique principale et son principal mystère. Rose avait un visage pâle et fortement charpenté. L'ossature de Mlle Brodie était fine, bien qu'elle eût de grands yeux, un grand nez, une grande bouche. Il était malaisé de voir comment Teddy Lloyd avait superposé la face brune et romaine de Mlle Brodie au masque pâle de Rose ; et pourtant, il y était parvenu.

De nouveau, Sandy regarda les autres portaits récents qui se trouvaient dans l'atelier : la femme de Teddy Lloyd, ses enfants, des modèles inconnus. Aucun d'eux ne ressemblait à Mlle Brodie.

Sandy, alors, aperçut au sommet d'une pile, sur la table de travail, un dessin. C'était Mlle Brodie appuyée à un réverbère, dans le Lawnmarket, enveloppée dans un châle d'ouvrière ; à y regarder de plus près, cela se révéla être Monica Douglas, avec ses pommettes saillantes et son nez long. Sandy fit observer :

« Je ne savais pas que Monica posait pour vous.

— J'ai fait une ou deux esquisses préliminaires. Vous ne trouvez pas que ce décor convient assez à Monica ?.. Voici une esquisse d'Eunice, dans son costume d'arlequin ; j'ai pensé que ça lui allait assez bien. »

Sandy fut vexée. Ces filles, Eunice et Monica, n'avaient pas soufflé mot aux autres du fait que le professeur de dessin les eût portraiturées. Pourtant, maintenant qu'elles avaient toutes quinze ans, il y avait bien des choses qu'elles ne se disaient plus les unes aux autres. Sandy regarda de plus près ce portrait d'Eunice.

Eunice avait porté le costume d'arlequin pour un spectacle scolaire. Bien qu'elle fût petite, proprette et qu'elle eût des traits accusés, sur ce portrait elle ressemblait à Mlle Brodie. Au sein de ses divers ahurissements, Sandy se trouva fascinée par l'économie de la méthode de Teddy Lloyd, comme elle l'avait été quatre ans plus tôt par les variations de Mlle Brodie sur son roman d'amour, quand elle avait adjoint à son premier amoureux du temps de guerre les attributs du professeur de dessin et du professeur de chant qui venaient alors d'entrer dans son orbite. La méthode de présentation de Teddy Lloyd était similaire : elle était économique ; or il parut toujours à Sandy, par la suite, que là où il y avait le choix entre diverses lignes de conduite, la plus économique était la meilleure, et que la ligne de conduite à adopter était la plus expéditive et la plus appropriée, sur le moment, à tous les éléments en cause. Sandy devait agir en vertu de ce principe, quand vint le moment, pour elle, de trahir Mlle Brodie.

Jenny, ayant eu de mauvais résultats à ses examens du trimestre précédent, passait le plus clair de son temps chez elle, à cette époque, à réviser son programme. Sandy avait la nette impression que le clan Brodie, sans parler de Mlle Brodie en personne, allait à vau-l'eau. Sandy se disait qu'il serait peut-être bon que le clan se brisât.

Quelque part en dessous, l'un des enfants Lloyd se mit à hurler, puis un autre, puis un chœur. Deirdre

Lloyd disparut dans un grand balancement de sa jupe de paysanne, afin d'aller s'occuper de toute sa marmaille. Les Lloyd, étant catholiques, étaient forcés d'avoir des tas d'enfants.

« Un jour, dit Teddy Lloyd en empilant ses esquisses avant d'emmener Sandy prendre le thé en bas, j'aimerais vous peindre toutes, vous autres, les filles Brodie, une par une et puis toutes ensemble. » Il secoua la tête afin de rejeter en arrière la mèche de cheveux dorés qui lui tombait dans l'œil. « Ça serait bien de vous peindre toutes ensemble, expliqua-t-il, pour voir quel genre de portrait de groupe je pourrais faire de vous. »

Sandy songea qu'il s'agissait peut-être d'une tentative pour maintenir ensemble le clan Brodie aux dépens de l'individualité, nouvellement entrevue, de ses membres. Sandy, avec son nouveau comportement d'irascibilité soudaine, s'en prit à Teddy Lloyd et lui déclara : « Nous aurions l'air, je suppose, d'une seule grosse Mademoiselle Brodie. »

Il eut un rire de ravissement, et la regarda plus attentivement, comme pour la première fois. À travers ses petits yeux, elle lui rendit un regard non moins attentif, avec l'insolence, proche du chantage, que lui permettait ce qu'elle savait. Là-dessus, il lui donna un long baiser sur la bouche. De sa voix enrouée il expliqua : « Ça t'apprendra à regarder un peintre de cette façon. »

Elle voulut courir vers la porte en s'essuyant les lèvres du revers de la main, mais il la rattrapa de son bras unique et lui dit : « Inutile de t'enfuir. Tu es à peu près la petite créature la plus laide que j'aie vue de ma vie. » Et il sortit, la plantant là, debout au milieu de l'atelier ; il ne restait plus à Sandy qu'à le suivre au bas de l'escalier. La voix de Deirdre Lloyd l'appelait de la salle de séjour : « Nous sommes ici, Sandy ! »

Sandy passa la majeure partie de l'heure du thé à tâcher de débrouiller ses premières impressions dans cette affaire, ce qui n'était pas facile à cause des enfants qui, présents, accaparaient beaucoup l'invitée. L'aîné, âgé de huit ans, alluma la radio et se mit à chanter avec un accent anglais affecté *Ô bohémienne, joue pour moi*, sur accompagnement de l'orchestre Henry Hall. Les trois autres enfants faisaient diverses espèces de tapage. Deirdre Lloyd, par-dessus ce bruit, pria Sandy de l'appeler Deirdre au lieu de madame Lloyd. C'est pourquoi Sandy n'eut guère la possibilité de découvrir ce qu'elle ressentait en son for intérieur au sujet du baiser de Teddy Lloyd et de ses propos, et d'en décider si elle se trouvait insultée ou non. Il lui dit alors, cyniquement : « Et vous pouvez m'appeler Teddy, en dehors de l'école. » Entre elles, de toute façon, les filles l'appelaient Teddy la Peinture. Sandy regarda tour à tour M. et Mme Lloyd.

« J'ai beaucoup entendu parler de Mademoiselle Brodie par les filles, disait Deirdre. Il faut vraiment que je l'invite à venir prendre le thé. Vous croyez que ça lui ferait plaisir de venir ?

— Non, répondit Teddy.

— Pourquoi ? » fit Deirdre ; non que ça lui parût important : elle était si languissante, et son bras était si long tandis qu'elle prenait l'assiettée de biscuits sur la table afin de les passer à la ronde, sans bouger du tabouret bas sur lequel elle était assise !

« Vous, les gosses, vous arrêtez ce raffut ou vous quittez la pièce ! ordonna Teddy.

— Amenez donc Mademoiselle Brodie pour le thé, dit Deirdre à Sandy.

— Elle ne voudra pas venir, intervint Teddy. N'est-ce pas, Sandy ?

— Elle est terriblement occupée…, fit Sandy.

— Passez-moi une clope, fit Deirdre.

— Elle s'occupe toujours de Lowther ? demanda Teddy.

— Mon Dieu oui, un peu…

— Lowther, dit Teddy en agitant son bras unique, doit savoir s'y prendre avec les femmes. La moitié du personnel féminin de l'école s'occupe de lui. Pourquoi donc est-ce qu'il n'engage pas une gouvernante ? Il roule sur l'or ; pas de mioches ; pas de loyer à payer : la maison lui appartient. Pourquoi est-ce qu'il ne prend pas une véritable gouvernante ?

— Je crois qu'il aime bien Mademoiselle Brodie, répondit Sandy.

— Mais elle, qu'est-ce qu'elle lui trouve ?

— Il chante pour elle », répondit Sandy, soudain cinglante.

Deirdre se mit à rire. « Votre Mademoiselle Brodie me paraît un peu bizarre, je dois l'avouer. Quel âge a-t-elle ?

— Jean Brodie est une femme magnifique et dans la fleur de l'âge », répondit Teddy. Il se leva en rejetant sa mèche en arrière, et quitta la pièce.

Deirdre, d'un air méditatif, souffla un nuage de fumée, écrasa sa cigarette, et Sandy annonça qu'il était l'heure de s'en aller.

Au cours des deux années précédentes, M. Lowther avait donné bien du fil à retordre à Mlle Brodie. Un temps, il avait paru songer à épouser Mlle Alison Kerr ; à une autre époque, il sembla préférer Mlle Ellen ; durant tout ce temps, il était épris de Mlle Brodie elle-même, qui lui refusait tout sauf sa compagnie au lit et ses soins alimentaires.

Il se lassa de la nourriture, qui l'engraissait trop, le fatiguait et le rendait aphone. Il voulait une épouse avec laquelle jouer au golf et pour laquelle chanter. Il voulait une lune de miel dans l'île d'Eigg, près de Rum, aux Hébrides, puis rentrer à Cramond avec sa nouvelle conjointe.

Au milieu de ces contrariétés avait eu lieu la découverte, par Ellen Kerr, d'une chemise de nuit de qualité pliée sous l'oreiller jouxtant celui de M. Lowther, dans ce lit à deux places où, pour couronner le tout, il était né.

Mlle Brodie ne l'en refusait pas moins. Quand on lui eut fait renoncer à ses charges de maître de chapelle et d'« ancien », il sombra dans une crise de mélancolie ; les filles, en outre, supposaient qu'il broyait souvent du noir devant l'éventualité que Mlle Brodie fût incapable de prendre goût à ses jambes courtes, et ne cessât de se languir après les longues jambes de Teddy Lloyd.

La majeure partie de tout cela, Mlle Brodie la confiait de façon détournée aux filles, tandis qu'elles passaient de treize à quatorze, puis de quatorze à quinze ans. Elle ne leur disait pas, fût-ce de façon détournée, qu'elle couchait avec le professeur de chant, car elle continuait de les sonder pour voir à qui elle pouvait se fier, comme elle aurait dit. Elle ne voulait faire naître, dans l'esprit de leurs parents, aucun soupçon alarmant. Mlle Brodie prenait toujours grand soin de faire bonne impression sur les parents de son clan, et de gagner leur approbation reconnaissante. Aussi se confiait-elle selon ce qui lui paraissait à propos sur le moment ; en réalité, elle était maintenant à la recherche d'une fille de son clan à qui elle pût se confier sans réserve, dont la curiosité fût plus grande que son désir de faire sensation au-dehors, et qui, dans son besoin d'obtenir de plus amples confidences de Mlle Brodie, ne trahirait jamais ce qu'elle aurait déjà obtenu. Nécessairement, il devait s'agir d'une seule fille ; deux, cela serait dangereux. Presque avec ruse, Mlle Brodie arrêta son choix sur Sandy ; même alors, ce ne fut pas de ses propres affaires qu'elle lui parla.

L'école entière, au cours de l'été 1935, fut obligée de porter une cocarde de rubans rouge-blanc-bleu au revers du blazer, en raison du jubilé d'argent. Rose Stanley, ayant perdu la sienne, déclara qu'elle devait se trouver dans l'atelier de Teddy Lloyd. Cela se passait peu de temps après la visite de Sandy chez le professeur de dessin.

« Que faites-vous, Rose, pour les vacances d'été ? demanda Mlle Brodie.

— Mon père m'emmène passer une quinzaine de jours dans les Highlands. Après, je ne sais pas. Je pense que je poserai de temps à autre pour Monsieur Lloyd.

— Bon », fit Mlle Brodie.

Mlle Brodie, après les vacances d'été suivantes, commença de se confier à Sandy. Après la classe, au soleil de ce début d'automne, elles faisaient des parties de golf.

« Toutes mes ambitions reposent sur vous-même et Rose, déclara Mlle Brodie. Vous n'en parlerez pas aux autres filles : cela susciterait des jalousies. Je fondais des espérances sur Jenny : elle est si jolie ! Mais Jenny est devenue insipide, vous ne trouvez pas ? »

La question était adroite : elle exprimait ce qui déjà se faisait jour dans l'esprit de Sandy. Jenny l'avait ennuyée au cours de l'année écoulée, ce qui lui donnait un sentiment de solitude.

« Vous ne trouvez pas ? » répéta Mlle Brodie, qui la dominait : Sandy jouait à partir d'un bunker. Elle donna un coup de *niblick*[1], et répondit : « Oui, un peu », en envoyant la balle en un petit demi-cercle rétrograde.

« Et je fondais des espérances sur Eunice, reprit bientôt Mlle Brodie ; or elle semble s'intéresser à un garçon quelconque avec lequel elle va nager. »

Sandy n'était pas encore sortie du bunker. Il était parfois malaisé de suivre les dérives de Mlle Brodie, quand elle se trouvait d'humeur prophétique. Il fallait attendre afin de voir ce que cela donnerait. En attendant, Sandy leva les yeux vers Mlle Brodie, debout sur la crête du bunker, situé lui-même sur une crête du terrain accidenté. Mlle Brodie était admirable dans son costume de tweed d'un bleu de bruyère, avec le bronzage d'un récent voyage en Égypte qui lui réchauffait encore le teint. Mlle Brodie, tout en parlant, contemplait le panorama d'Édimbourg.

Sandy sortit du bunker. « Eunice, poursuivait Mlle Brodie, se casera en épousant un homme de profession libérale. Peut-être lui ai-je fait un peu de bien… Quant à Mary… Mon Dieu, Mary… Sur Mary, je n'ai jamais fondé la moindre espérance. Je croyais,

1. Canne de golf destinée à tirer la balle du sable. *(N.d.T.)*

quand vous étiez petites filles, que Mary pourrait être quelqu'un. Elle était assez pathétique. Mais en réalité, c'est une fille des plus irritantes ; j'aimerais mieux avoir affaire à une coquine qu'à une imbécile… Monica décrochera brillamment sa licence ès sciences, je n'en doute pas, mais elle ne possède aucune pénétration spirituelle, et c'est, bien entendu, pourquoi elle a… »

Mlle Brodie, maintenant, devait s'éloigner ; aussi avait-elle résolu de cesser de parler jusqu'à ce qu'elle eût mesuré sa distance et frappé sa balle à toute volée. Ce qu'elle fit. « … c'est pourquoi elle a mauvais caractère ; elle ne s'entend qu'aux signes, aux symboles, aux calculs. Rien ne met plus en fureur les gens que leur propre manque de pénétration spirituelle, Sandy ; voilà pourquoi les musulmans sont aussi calmes : ils sont pleins de pénétration spirituelle. Mon interprète, en Égypte, refusait d'admettre que le vendredi fût leur jour du Seigneur. "Chaque jour est le jour du Seigneur", me disait-il. J'ai trouvé cela très profond ; je me suis sentie humiliée. Nous nous étions déjà fait nos adieux la veille de mon départ, Sandy ; mais ne voilà-t-il pas qu'alors que je me trouvais déjà installée dans le train, au long du quai arrive mon interprète avec un magnifique bouquet de fleurs à mon intention. Il avait une véritable dignité… Sandy, vous n'arriverez jamais à rien en arrondissant le dos au-dessus de votre putter ; rejetez vos épaules en arrière, et ployez-vous à partir de la taille… C'était un être magnifique, doté d'un grand sens de son maintien. »

Elles ramassèrent leurs balles, et gagnèrent le tee suivant. « Avez-vous jamais joué avec Mademoiselle Lockhart ? demanda Sandy.

— Elle joue au golf ?

— Oui, plutôt bien. » Sandy avait eu la surprise, un samedi matin, de rencontrer la prof de sciences, au golf, en train de jouer avec Gordon Lowther.

« Bien joué, Sandy !… Je connais fort peu Mademoiselle Lockhart, dit Mlle Brodie. Je la laisse à ses bocaux et à ses gaz. Ce sont toutes de grossières matérialistes, ces femmes de l'école des grandes ; elles appartiennent toutes à la Fabian Society, et sont pacifistes. C'est le genre de chose à quoi nous nous heurtons, Monsieur Lowther, Monsieur Lloyd et moi-même, quand nous ne nous heurtons pas à la clique à demi inculte, à l'esprit étroit, des petites classes… Sandy, je jurerais que vous êtes myope à la manière dont vous scrutez les gens du regard. Il vous faut porter des lunettes.

— Je ne suis pas myope, répliqua Sandy avec humeur ; ça n'est qu'une impression.

— C'est déconcertant…, dit Mlle Brodie. Vous savez, Sandy, ma chère, toutes mes ambitions sont pour vous et Rose. Vous avez de la pénétration, peut-être pas tout à fait spirituelle, mais vous êtes quelqu'un de malin ; quant à Rose, elle a de l'instinct, elle a de l'instinct.

— Peut-être pas tout à fait spirituel, dit Sandy.

— Non, vous avez raison, dit Mlle Brodie. Rose a de l'avenir en vertu de son instinct.

— Elle a de l'instinct quant à la façon de poser pour son portrait, dit Sandy.

— Voilà ce que j'entends par votre pénétration, dit Mlle Brodie. Et je suis bien placée pour la reconnaître, étant donné que mon bel âge m'a apporté l'instinct et la pénétration – les deux. »

Sandy, afin de savourer pleinement sa condition, allait se planter devant la cathédrale Saint-Giles ou la prison pour contempler ces emblèmes d'un sombre et terrible salut qui faisait paraître à l'imagination, par contraste, les flammes de l'enfer bien joyeuses et bien préférables. Personne au cours de la vie de Sandy, à la maison ni à l'école, n'avait jamais parlé du calvinisme autrement que comme d'une plaisanterie que l'on avait prise autrefois au sérieux. À l'époque, Sandy ne comprenait pas que son milieu n'avait pas été, en surface, caractéristique de l'endroit, ainsi que l'était le milieu des classes sociales d'Édimbourg situées juste au-dessus ou, davantage encore, juste au-dessous de la sienne. Des classes sociales, Sandy n'avait pas la moindre expérience. Ses quinze années, sous leur forme extérieure, elle aurait pu les passer dans n'importe quelle banlieue de n'importe quelle grande ville des îles Britanniques ; son école, avec son système étranger de groupes d'élèves rivalisant les uns avec les autres, aurait pu se trouver à Ealing. Maintenant, Sandy n'avait conscience que d'une seule chose : une certaine qualité de vie particulière à Édimbourg et que l'on ne trouvait nulle part ailleurs avait tout le temps existé à son insu ; or, pour indésirable que pût être cette qualité de vie, Sandy s'en sentait dépossédée ; pour indésirable que fût cette qualité de vie, Sandy désirait savoir en quoi elle consistait, et cesser d'en être protégée par des gens éclairés.

À la vérité, c'était de la religion de Calvin que Sandy se sentait dépossédée, ou plutôt d'une reconnaissance précise de cette religion. Sandy revendiquait ce patrimoine ; quelque chose de précis à rejeter. Cela imprégnait d'autant plus les lieux que cela n'était pas reconnu. À certains égards, les gens les plus réels et les plus enracinés que Sandy connût, c'étaient Mlle Sinistre et les sœurs Kerr, qui ne cherchaient aucune échappatoire à leur croyance que Dieu avait combiné pour à peu près tout le monde, avant la naissance, une désagréable surprise lors de la mort. Plus tard, quand Sandy lut Jean Calvin, elle constata que certaines conceptions populaires concernant le calvinisme avaient beau être fausses, il n'y avait pas d'erreur en ce domaine particulier ; et même, ce n'était là qu'une façon bénigne d'envisager la question : Calvin avait décrété que Dieu prenait plaisir à inculquer un sentiment erroné de joie et de salut à certaines personnes, de façon que leur surprise finale pût se révéler d'autant plus désagréable.

Sandy n'était pas capable de formuler ces dogmes enthousiasmants ; elle ne les sentait pas moins dans l'air qu'elle respirait ; elle les éprouvait dans la manière curieusement provocante dont les gens qu'elle connaissait violaient le sabbat ; enfin, elle subodorait ces dogmes dans les excès de Mlle Brodie en son bel âge. Maintenant que Sandy avait l'autorisation d'aller et venir seule, elle faisait à pied le tour des quartiers à coup sûr interdits d'Édimbourg afin de regarder les monuments noircis, d'entendre les incroyables jurons des ivrognes et des ivrognesses ; et, comparant leurs visages à ceux des gens de Morningside et Merchiston, qui lui étaient familiers, elle constatait, avec les coups au cœur d'une nouvelle et passionnante culpabilité calviniste, qu'il n'y avait pas grande différence.

De cette manière indirecte, Sandy commença de percevoir ce qui entrait dans la fabrication de Mlle Brodie, qui s'était décerné la grâce de façon si particulière et avec un ravissement suicidaire plus exotique que si elle se fût mise tout simplement à boire ainsi que les autres vieilles filles qui ne pouvaient plus supporter cela.

Il sautait aux yeux que Mlle Brodie voulait que Rose, avec son instinct, commençât à se préparer à être la maîtresse de Teddy Lloyd, et que Sandy, avec sa pénétration, jouât dans l'histoire le rôle d'informatrice.

C'était à ces fins que Rose et Sandy avaient été choisies comme étant la *crème de la crème*. Il y avait dans cette idée une odeur de soufre qui fascinait Sandy, en son état d'esprit d'alors. Après tout, il ne s'agissait là que d'une idée. Et rien ne pressait en l'occurrence : Mlle Brodie aimait prendre son temps pour exécuter ses projets, la majeure partie de sa joie provenant de la préparation ; en outre, même si ces projets étaient aussi nets dans son propre esprit que dans celui de Sandy, les filles étaient trop jeunes. Il n'empêche que dès l'époque où les filles eurent seize ans, Mlle Brodie déclara à son clan au grand complet : « Sandy fera un excellent agent du Deuxième Bureau, une grande espionne » ; et à Sandy seule, elle s'était mise à dire : « Rose sera une grande amoureuse. Elle est au-dessus du code moral ordinaire ; il ne s'applique pas à elle. Il s'agit là d'un fait dont quiconque n'est pas doué de pénétration ne devrait pas entendre parler. »

Durant plus d'un an, Sandy entra dans l'esprit de ce projet car elle alla fréquemment voir les Lloyd, et fut en mesure de rapporter à Mlle Brodie ce qui se passait quant aux portraits de Rose, qui ressemblaient tant à Mlle Brodie.

« Rose est comme une héroïne d'un roman de D. H. Lawrence, assurait Mlle Brodie. Elle a de l'instinct. »

Mais en réalité, l'intérêt du professeur de dessin pour Rose était d'ordre purement professionnel : elle était un bon modèle ; Rose avait l'instinct de se contenter de ce rôle, et, en l'espèce, ce fut Sandy qui coucha avec Teddy Lloyd, et Rose qui rapporta la nouvelle.

Il s'écoula quelque temps avant la réalisation de ces événements ; Mlle Brodie, en attendant, négligeait M. Lowther à Cramond afin de rester le plus souvent possible avec Rose et Sandy à discuter beaux-arts, et puis la question de poser pour un peintre, et l'avenir de Rose en tant que modèle, et la nécessité, pour Rose, d'exercer les pouvoirs qu'elle avait en elle ; c'était un don, et elle, une exception à toutes les règles, l'exception qui confirmait la règle. Mlle Brodie étant trop prudente pour être plus précise, Rose ne devinait qu'à demi ce que Mlle Brodie voulait dire : Rose, à l'époque, ainsi que Sandy le savait, suivait son instinct pour devenir célèbre sur le plan sexuel auprès des lycéens qui se tenaient debout, empruntés, à côté de leur bicyclette, à distance respectueuse des grilles de l'école. Rose était fort populaire auprès de ces garçons ; il s'agissait là de l'unique raison de sa notoriété dans le domaine sexuel, quoiqu'en réalité elle ne parlât pas de sexe, et bien moins encore ne s'y abandonnât. C'était par instinct qu'elle faisait toute chose ; elle écoutait même Mlle Brodie comme si elle eût été d'accord avec la moindre de ses paroles.

« Quand vous aurez dix-sept ou dix-huit ans, Rose, vous toucherez à l'heure de votre grand accomplissement.

— Oui, je le crois sincèrement, mademoiselle Brodie. »

La passion de Teddy Lloyd pour Jean Brodie sautait aux yeux dans tous les portraits qu'il faisait des divers membres du clan Brodie. Il les représenta en groupe au cours d'un trimestre d'été, portant leurs panamas chacun de façon différente, chaque chapeau, en une transfiguration magique, ornant une différente Jean Brodie sous les formes de Rose, Sandy, Jenny, Mary, Eunice et Monica. Mais il s'agissait principalement de Rose, parce qu'elle était d'instinct un bon modèle ; et Teddy Lloyd lui payait cinq shillings la séance, ce qu'elle trouvait utile, étant une droguée du cinéma.

Sandy éprouvait des sentiments chaleureux envers Mlle Brodie dans les moments où elle constatait combien Mlle Brodie se trompait quant à l'idée qu'elle se faisait de Rose. C'était alors que Mlle Brodie paraissait belle et fragile, tout comme la sombre et pesante Édimbourg elle-même pouvait soudain se métamorphoser en une ville flottante, lorsqu'une lumière d'un certain blanc nacré tombait sur une des rues gracieusement dessinées. Ainsi, les traits impérieux de Mlle Brodie, aux yeux de Sandy, devenaient-ils clairs et doux, considérés dans le curieux éclairage de la folie de cette femme ; et dans ses années plus tardives, jamais Sandy ne devait ressentir plus d'affection pour elle que lorsqu'elle considérait Mlle Brodie comme une sotte.

Cependant, Mlle Brodie en tant que meneuse du clan, Mlle Brodie en tant que matrone romaine, Mlle Brodie en tant que réformatrice de l'éducation, occupait encore le devant de la scène. Il n'était pas toujours confortable, du point de vue scolaire, d'être liée avec elle. Le simple manque d'esprit d'équipe, le fait que les filles du clan Brodie préféraient le golf au hockey ou au volley-ball, si tant est qu'elles eussent une préférence quelconque, auraient suffi pour les situer à part, même si elles n'avaient pas cabossé la calotte de leur chapeau, et ne l'avaient pas rejeté en arrière ou rabattu en avant. Il leur était impossible d'échapper au clan Brodie, parce qu'elles constituaient le clan Brodie aux yeux de l'école. De nom, elles étaient membres de Holyrood, Melrose, Argyll et Biggar ; mais il avait été de notoriété publique que le clan Brodie ne manifestait aucun esprit d'équipe, et que peu lui importait de savoir quel groupe d'élèves remportait le Trophée. Les filles du clan Brodie n'avaient pas le droit de s'intéresser à cela. Leur indifférence était maintenant devenue une institution qu'il convenait de respecter comme le système des groupes d'élèves lui-même. Pour leur propre part, et sans cette réputation, les six filles, dès l'époque où elles se seraient trouvées en quatrième année et auraient atteint l'âge de seize ans, auraient suivi chacune son propre chemin.

Mais leur sort étant irrévocable, elles en tiraient le meilleur parti possible et constataient que leur situation était, en réalité, tout à fait enviable. Tout le monde estimait que le clan Brodie s'amusait plus que quiconque entre les visites à Cramond, à l'atelier de Teddy Lloyd, les soirées au théâtre et les thés chez Mlle Brodie. Or, c'était bien vrai. Et Mlle Brodie était toujours un personnage d'une activité prestigieuse, même aux yeux des filles qui n'appartenaient pas à son clan.

Les luttes de Mlle Brodie avec les autorités en raison de ses méthodes éducatives augmentaient à travers les années, et elle faisait à son clan un devoir moral de se grouper autour d'elle chaque fois que son combat passait par une crise. Alors elle trouvait les filles de son clan, en train, mettons, de s'attarder après la classe avec les garçons aux bicyclettes ; les bicyclettes ne tardaient pas à emporter les garçons, et les filles étaient conviées à dîner le lendemain soir.

Elles accompagnaient Mlle Brodie à l'arrêt du tram. « On m'a de nouveau conseillé de solliciter un poste à l'une de ces écoles progressistes, c'est-à-dire farfelues. Je ne solliciterai pas de poste dans une école farfelue. Je resterai dans cette usine à éducation-ci, où est mon devoir. Il faut qu'il y ait du levain dans la pâte. Donnez-moi une fille d'un âge influençable, et la voilà mienne pour la vie. Le gang qui s'oppose à moi ne réussira pas.

— Non, fit tout le monde. Non, bien entendu qu'il ne réussira pas. »

La directrice n'avait pas tout à fait renoncé à sonder les filles du clan Brodie afin d'apprendre ce qu'elles savaient. Déçue, elle allait parfois jusqu'à exercer des représailles contre elles, quand elle pouvait le faire sous le masque du franc jeu, ce qui n'était pas fréquent.

« Quand on n'essaie pas de me détrôner à cause de ma politique éducative, on tente de recourir à la calomnie personnelle, expliqua Mlle Brodie un jour. Il est regrettable, bien qu'exact, qu'il y ait eu des insinuations contre ma réputation, à propos de mes relations avec ce pauvre Monsieur Lowther. Ainsi que vous le savez, mes enfants, j'ai consacré une bonne part de mon énergie à la santé de Monsieur Lowther. J'ai de l'affection pour Monsieur Lowther. Quel mal y a-t-il à cela ? Ne nous est-il pas ordonné de nous aimer les uns les autres ? Je suis l'amie la plus intime de Gordon Lowther, sa confidente. Je l'ai négligé ces temps derniers, je le crains ; je n'en ai pas moins été tout pour Gordon Lowther ; je n'aurais qu'à lever le petit doigt, et il serait à mon côté. Ces relations ont été déformées… »

Cela faisait maintenant plusieurs mois que Mlle Brodie négligeait le professeur de chant, et les filles ne passaient plus à Cramond le samedi après-midi. Sandy présumait que si Mlle Brodie avait cessé de coucher avec Gordon Lowther, c'était que ses penchants sexuels se trouvaient satisfaits par procuration ; or, Rose était prédestinée à être l'amante de Teddy Lloyd. « … Il m'a fallu essuyer bien des calomnies en raison de mes bons offices à Cramond, poursuivait Mlle Brodie. Mais je n'en mourrai pas. Si je voulais, je pourrais épouser demain Gordon Lowther. »

Le lendemain matin de cette déclaration, les fiançailles de Gordon Lowther avec Mlle Lockhart, le professeur de sciences, furent annoncées dans le *Scotsman*. Nul ne s'y était attendu. Mlle Brodie en demeura tout interdite et souffrit de manière intempestive, quelque temps, du sentiment d'avoir été trahie. Toutefois, elle parut se rappeler que le véritable amour de sa vie était Teddy Lloyd, à qui elle avait renoncé, et que Gordon Lowther ne lui avait été qu'utile. Elle contribua, avec le reste de l'école, à l'achat du service à thé en porcelaine qui fut offert au couple, lors de la dernière assemblée du trimestre. M. Lowther prononça une allocution où il appelait « mes petites » les filles, en jetant de temps à autre un timide coup d'œil à Mlle Brodie, qui regardait les nuages par la fenêtre. Les yeux de Gordon Lowther, parfois, se tournaient en direction de sa future, qui se tenait discrètement à côté de la directrice, vers le milieu de la salle, en attendant qu'il eût terminé pour qu'elles pussent le rejoindre sur l'estrade. Ainsi que tout le monde, M. Lowther avait confiance en Mlle Lockhart : non seulement elle jouait bien au golf et conduisait une voiture, mais elle pouvait aussi faire sauter l'école avec son bocal de poudre à canon, et ne s'aviserait jamais de le faire.

Mlle Brodie, ses yeux bruns fixés sur les nuages, paraissait tout à fait belle et fragile ; il vint à l'esprit de Sandy que, peut-être, Mlle Brodie n'avait renoncé à Teddy Lloyd que parce qu'elle était consciente de ne pouvoir conserver cette beauté ; chez Mlle Brodie, il s'agissait là d'une qualité à éclipses.

Au trimestre suivant, quand M. Lowther fut rentré de sa lune de miel dans l'île d'Eigg, Mlle Brodie consacra l'énergie qu'elle avait en trop à son projet concernant Rose et son instinct, et Sandy et son intelligence ; quant à l'énergie qui lui restait encore, elle la consacra à des idées politiques.

Six

Mlle Mackay, la directrice, ne renonçait jamais à cuisiner le clan Brodie. Elle savait qu'il était inutile de le faire de façon directe ; sa manière de procéder était détournée, dans l'espoir d'amener les filles, par la ruse, à lâcher une preuve quelconque, utilisable pour forcer Mlle Brodie à se retirer. Les filles, une fois par trimestre, allaient prendre le thé avec Mlle Mackay.

Mais de toute manière, elles pouvaient révéler bien peu de choses, maintenant, sans se compromettre elles-mêmes. Leur amitié avec Mlle Brodie, vieille de sept ans, s'était infiltrée jusque dans leurs os, de sorte qu'elles ne pouvaient la rompre sans, pour ainsi dire, se rompre les os du même coup.

« Vous voyez toujours Mademoiselle Brodie ? » demandait Mlle Mackay avec un étincelant sourire. Elle avait de nouvelles dents.

« Oh ! oui, assez…

— Oui, oh ! oui, de temps à autre… »

Mlle Mackay dit confidentiellement à Sandy quand vint son tour – car elle traitait les filles les plus âgées en égales, à savoir, en égales qui portaient sans aucun doute possible l'uniforme scolaire : « Cette chère Mademoiselle Brodie, elle continue à s'asseoir sous l'orme afin de raconter la remarquable histoire de sa vie aux petites. Je me souviens : lors de son entrée à l'école, Mademoiselle Brodie était une jeune enseignante énergique ; mais aujourd'hui… » Elle soupira et hocha la tête. Elle avait coutume de traduire en dialecte écossais, afin de leur conférer plus de sagesse, les dictons universels. Alors, elle déclara : « Faut souffrir c' qu'on peut point guérir… Mais je crains que Mademoiselle Brodie ne soit sur le déclin. Je doute que sa classe, cette année, réussisse à l'examen de passage. Pourtant, ne croyez pas que je critique Mademoiselle Brodie. Elle ne crache pas sur son petit verre, j'en suis certaine. Après tout, ça ne regarde personne aussi longtemps que ça n'affecte ni son travail, ni vous autres, mes enfants.

— Elle ne boit pas, répliqua Sandy, si l'on excepte du xérès lors de son anniversaire ; une demi-bouteille à nous sept. »

On put voir Mlle Mackay rayer mentalement la boisson de sa liste de griefs contre Mlle Brodie. « Oh ! je disais ça en passant », fit Mlle Mackay.

Les filles du clan Brodie, maintenant qu'elles avaient dix-sept ans, étaient capables de dissocier Mlle Brodie de son état d'enseignante. Quand elles conféraient entre elles de la question, elles devaient reconnaître enfin, et sans aucun doute possible, qu'il s'agissait en réalité d'une femme sensationnelle en tant que femme.

Ses yeux lançaient des éclairs ; son nez se busquait fièrement ; ses cheveux demeurés bruns s'enroulaient sur la nuque en un chignon matriarcal. Le professeur de chant avait beau être fort satisfait de Mlle Lockhart, devenue Mme Lowther et perdue pour l'école, il jetait de sous ses sourcils poil de carotte un timide coup d'œil d'admiration nostalgique à Mlle Brodie, chaque fois qu'il la rencontrait.

L'une des plus ferventes admiratrices de Mlle Brodie était la nouvelle, appelée Joyce Emily Hammond, envoyée à l'école Blaine en dernier recours, ayant été mise à la porte de tout un assortiment d'écoles coûteuses, au sud et au nord de la frontière écossaise, en raison de sa prétendue délinquance qui ne s'était pas manifestée jusqu'alors, sauf une ou deux fois quand elle avait lancé des boulettes en papier à M. Lowther, et n'avait réussi qu'à lui faire de la peine. Elle tenait à ce qu'on l'appelât Joyce Emily ; un chauffeur, dans une grosse voiture noire, l'amenait le matin à l'école, mais elle était obligée de rentrer par ses propres moyens chez elle ; elle habitait une énorme demeure dotée d'écuries, dans les proches environs d'Édimbourg. Les parents de Joyce Emily avaient beau rouler sur l'or, ils avaient sollicité une période probatoire avant d'investir, pour leur fille, dans un trousseau d'uniforme scolaire de plus. Aussi Joyce Emily continuait-elle d'aller et venir en vert sombre alors que les autres portaient du violet foncé ; elle se flattait de posséder cinq trousseaux de couleurs périmées pendus dans sa garde-robe, chez elle, outre des reliques de gouvernantes telles qu'un substantiel toupet de cheveux coupé par la propre main de Joyce Emily, un livret de caisse d'épargne appartenant à une gouvernante appelée Mlle Michie, et les restes carbonisés d'une taie d'oreiller sur laquelle avait reposé la tête d'une autre gouvernante encore, appelée Mlle Chambers, quand Joyce Emily y avait mis le feu.

Les autres filles prêtaient l'oreille à ses bavardages, mais de façon générale on la désapprouvait, non seulement à cause de ses bas verts et de sa jupe verte, de sa voiture et de son chauffeur étincelants, mais parce que la vie était déjà trop pleine de travail en vue des examens, et de jeux pour remporter le Trophée. C'était aux filles du clan Brodie que Joyce Emily désirait surtout s'attacher car elle se rendait compte de leur individualisme ; or elles, moins que quiconque, voulaient de Joyce Emily. À l'exception de Mary Macgregor, elles étaient en réalité au nombre des plus brillantes élèves de l'école, ce qui représentait en quelque sorte une pierre d'achoppement pour Mlle Mackay dans ses efforts pour discréditer Mlle Brodie.

Le clan Brodie, en outre, s'intéressait à des choses extérieures. Eunice avait un petit ami avec lequel elle pratiquait la natation et la plongée. Monica Douglas et Mary Macgregor allaient ensemble visiter les taudis avec des ballots d'articles d'épicerie, bien que Mary passât pour émettre toujours des remarques du genre :

« Pourquoi ne mangent-ils pas de la brioche ? » (Ce qu'elle avait dit en réalité, c'était : « Eh bien, pourquoi n'envoient-ils pas leur linge au blanchissage ? » après les avoir entendus se plaindre du prix prohibitif du savon.) Jenny, qui manifestait déjà ses talents dramatiques, répétait sans arrêt au sein de la compagnie théâtrale de l'école. Rose posait pour Teddy Lloyd ; et Sandy se joignait à elle, de temps à autre, aux aguets ; il lui arrivait de caresser l'idée d'amener Teddy Lloyd à l'embrasser de nouveau, à seule fin de voir si elle y pourrait parvenir en se bornant à le dévisager insolemment avec ses petits yeux. Le clan Brodie, en plus de ses activités, rencontrait Mlle Brodie par deux, par trois et quelquefois au grand complet, après la classe. C'est à cette époque, en 1937, que Mlle Brodie cultivait tout spécialement Rose, interrogeait Sandy, et en recevait des réponses quant aux progrès de la grande histoire d'amour qui devait avoir lieu bientôt entre Rose et le professeur de dessin.

Aussi les filles du clan Brodie n'avaient-elles pas le temps de faire grand-chose à propos d'une délinquante dont les parents s'étaient débarrassés en la fourrant à l'école grâce à leur influence, même si elle n'était apparemment délinquante que de réputation. Mlle Brodie, toutefois, trouva le temps de la prendre sous son aile. Les filles du clan Brodie s'en froissèrent légèrement, mais furent soulagées de n'être pas obligées de partager la compagnie de cette fille : Mlle Brodie l'emmenait seule au théâtre et prendre le thé.

L'une des vantardises de Joyce Emily, c'était que son frère, étudiant à Oxford, était parti se battre à la guerre d'Espagne. Cette mystérieuse fille assez folle y voulait aller aussi, en blouse blanche, jupe noire, et marcher au pas avec un fusil. Nul n'avait pris cela au sérieux. La guerre d'Espagne était quelque chose qui se passait au-dehors, dans les journaux, et seulement une fois par mois au sein de la société de débats contradictoires de l'école. Toutes les élèves, y compris Joyce Emily, étaient contre Franco si tant est qu'elles fussent quoi que ce fût.

Un jour, on s'aperçut que Joyce Emily n'avait pas reparu depuis plusieurs jours à l'école, et bientôt quelqu'un d'autre occupa son pupitre. Nul ne connaissait la raison de son départ, jusqu'à ce que, six semaines plus tard, on apprit que, s'étant enfuie en Espagne, elle avait été tuée accidentellement lors d'une attaque du train qui l'emportait. L'école célébra une forme abrégée d'office religieux à sa mémoire.

Mary était partie travailler comme sténodactylo, et Jenny était entrée dans une école d'art dramatique. Quatre filles seulement du clan Brodie restaient en dernière année. C'est à peine si l'on se serait cru à l'école : il y avait tellement de temps libre, tant de cours et tant de recherches en bibliothèque à l'extérieur du bâtiment scolaire, pour les élèves de sixième année, qu'elles ne faisaient guère qu'entrer et sortir. On s'en remettait à elles ; on les consultait ; elles avaient l'impression qu'elles auraient pu, si elles l'avaient souhaité, diriger l'école.

Eunice devait faire langues modernes ; et pourtant, ayant changé d'avis un an plus tard, elle devint infirmière. Monica se destinait aux sciences ; Sandy, à la psychologie. Rose s'était cramponnée, non pour quelque raison d'ordre utilitaire, mais parce que son père estimait qu'elle devait tirer de son éducation le meilleur parti possible, même si elle ne devait par la suite aller qu'à l'école des beaux-arts, ou, au pire, devenir modèle pour peintres ou dessinateurs de robes. Le père de Rose jouait dans sa vie un grand rôle ; ce veuf colossal, aussi beau dans son domaine masculin que Rose était belle dans son domaine féminin, se déclarait fièrement savetier ; c'est-à-dire qu'il possédait alors une importante affaire de fabrique de chaussures. Quelques années plus tôt, faisant la connaissance de Mlle Brodie, il lui avait aussitôt porté un intérêt chaleureux, comme le faisait un si grand nombre d'hommes, sans la trouver ridicule ainsi qu'on aurait pu le craindre ; or elle ne voulut pas entendre parler de M. Stanley car il n'était guère ce qu'elle eût appelé un homme cultivé. Elle le trouvait plutôt sensuel. Les filles, toutefois, avaient toujours éprouvé pour le père de Rose une coupable sympathie. Quant à Rose, instinctive ainsi qu'elle l'était à n'en pas douter, elle suivit son instinct au point d'hériter la réaliste et joviale sensualité de son père ; peu de temps après avoir quitté l'école, elle fit un bon mariage. Elle se débarrassa de l'influence de Mlle Brodie ainsi qu'un chien de l'eau d'une mare sur sa robe.

Mlle Brodie ne devait pas savoir que cela se produirait ; en attendant, Rose était inéluctablement célèbre dans le domaine sexuel, très recherchée par les lycéens de sixième année et les étudiants de première année à l'université. Mlle Brodie confiait à Sandy : « D'après ce que vous me dites, je croirais volontiers que Rose et Teddy Lloyd seront bientôt amants. » Tout d'un coup, Sandy se rendit compte qu'il ne s'agissait pas là d'une simple théorie et d'un simple jeu à la Brodie, à la manière dont une si grande part de la vie était bavardage irréel et projet de jeu, comme les perspectives d'une guerre et d'autres théories qu'on lâchait dans les airs ainsi que des pigeons voyageurs, affirmant ensuite : « Oui, bien entendu, c'était inévitable. » Mais il ne s'agissait pas ici de théorie ; Mlle Brodie croyait ce qu'elle disait. Sandy la regarda, et comprit que cette femme était obsédée par le besoin que Rose couchât avec l'homme dont elle-même se trouvait éprise ; cette idée n'avait rien de nouveau ; le neuf, c'était la réalité de cette idée. Sandy songeait à Mlle Brodie assise, huit ans plus tôt, sous l'orme, en train de raconter sa première et simple histoire d'amour, et essayait de démêler dans quelle mesure c'était Mlle Brodie qui était devenue compliquée avec les années, et dans quelle mesure c'était sa propre conception de Mlle Brodie qui avait changé.

Sandy, au cours de l'année écoulée, avait continué de voir les Lloyd. Elle accompagna dans les magasins Deirdre Lloyd, et s'acheta un chemisier en tissu folklorique, pareil à celui de Deirdre. Elle écouta leurs propos tout en étudiant leurs âmes au moyen de signes et de symboles, suivant la coutume, à cette époque, des jeunes personnes qui avaient lu des ouvrages de psychologie, quand elles écoutaient des gens plus âgés qui ne les avaient pas lus. Parfois, certains jours où Rose était priée de poser nue, Sandy s'asseyait dans l'atelier avec le peintre et son modèle, à contempler silencieusement les étranges mutations de la chair sur la toile, tandis qu'elles représentaient un personnage nu, anonyme ; en même temps, elles ressemblaient à Rose et, plus encore, à Mlle Brodie. Sandy s'était mise à s'intéresser beaucoup à l'esprit du peintre, tellement épris de Mlle Brodie, et qui ne la considérait pas comme ridicule.

« D'après ce que vous me dites, je croirais volontiers que Rose et Teddy Lloyd seront bientôt amants. » Sandy se rendait compte que Mlle Brodie le croyait. Sandy avait rapporté à Mlle Brodie à quel point tous les portraits de Lloyd la reflétaient bizarrement. Elle le lui avait dit et redit : Mlle Brodie adorait l'entendre.

Sandy avait appris à Mlle Brodie que Teddy Lloyd voulait renoncer à l'enseignement et préparait une exposition, encouragé dans cette voie par certains critiques d'art, et découragé en songeant à sa nombreuse famille.

« Je suis sa muse, commentait Mlle Brodie. Mais j'ai renoncé à son amour afin de consacrer mes belles années aux fillettes confiées à mes soins. Je suis sa muse, mais Rose devra prendre ma place. »

Elle se prend pour la Providence, songeait Sandy ; elle se prend pour le Dieu de Calvin ; elle voit l'alpha et l'oméga. Sandy se disait aussi : cette femme est inconsciemment lesbienne. Et de multiples théories provenant des ouvrages de psychologie étiquetaient Mlle Brodie, sans parvenir à faire disparaître son image des toiles de Teddy Lloyd le manchot.

Quand Sandy fut religieuse, tôt ou tard l'une ou l'autre des filles du clan Brodie alla la voir, parce que cela fournissait une occupation ; et Sandy avait écrit son ouvrage de psychologie ; et tout le monde aime aller voir une religieuse : cela apporte une sensation d'ordre spirituel, une catharsis à emporter chez soi, surtout si la religieuse s'agrippe aux barreaux de la grille. Rose, maintenant mariée de longue date avec un brillant homme d'affaires dont les activités allaient des conserves alimentaires à la banque d'affaires, lui rendit visite. Elles en vinrent à parler de Mlle Brodie.

« Elle n'avait à la bouche que le mot de consécration, dit Rose ; mais par là, elle n'entendait pas ton genre de consécration. Pourtant, ne crois-tu pas qu'en un sens elle se vouait à ses élèves ?

— Oh ! si, je crois qu'elle se vouait à ses élèves, répondit Sandy.

— Pourquoi s'est-elle fait sacquer ? demanda Rose. Le sexe ?

— Non, la politique.

— Je ne savais pas qu'elle se souciait de politique.

— Ça n'était que secondaire, expliqua Sandy, mais ça a tenu lieu de prétexte. »

Monica Douglas alla voir Sandy parce que sa vie traversait une crise. Ayant épousé un homme de science, dans l'un de ses accès de colère elle avait lancé un charbon ardent à la sœur de son mari. Là-dessus, l'homme de science avait exigé la séparation, une fois pour toutes.

« Je ne suis pas très forte sur ce genre de question », répondit Sandy. Monica, cependant, n'avait pas cru que Sandy pourrait lui être d'un grand secours, car elle connaissait de longue date Sandy ; or, les gens que l'on connaît de longue date ne peuvent jamais vous être d'un grand secours. Aussi en vinrent-elles à parler de Mlle Brodie.

« A-t-elle jamais réussi à faire coucher Rose avec Teddy Lloyd ? demanda Monica.

— Non, répondit Sandy.

— Est-ce qu'elle était, elle-même, amoureuse de Teddy Lloyd ?

— Oui, répondit Sandy ; et lui était amoureux d'elle.

— Alors, il s'agissait d'un véritable renoncement, dans un sens, commenta Monica.

— Oui, c'en était un, fit Sandy. Après tout, il s'agissait d'une femme dans tout son éclat.

— Autrefois, tu prenais pour une blague ses discours sur le renoncement.

— Toi aussi », répliqua Sandy.

Au cours de l'été 1938, après que le restant du clan Brodie eut quitté Blaine, Mlle Brodie se rendit en Allemagne et en Autriche, tandis que Sandy lisait des ouvrages de psychologie et allait poser pour son propre portrait chez les Lloyd. Rose, de temps à autre, allait leur tenir compagnie.

Quand Deirdre Lloyd emmena les enfants à la campagne, son mari dut rester à Édimbourg, parce qu'il assurait un cours d'été à l'école des beaux-arts. Sandy continua de poser pour son portrait deux fois la semaine ; tantôt Rose venait, et tantôt non.

Un jour qu'ils étaient seuls, Sandy fit observer à Teddy Lloyd que tous ses portraits, et jusqu'à celui du plus petit des bébés Lloyd, devenaient maintenant des images de Mlle Brodie ; alors, elle lui assena son insolent regard appuyé de maître-chanteur. Il l'embrassa comme il l'avait fait trois ans plus tôt quand elle avait quinze ans ; et durant près de cinq semaines de cet été-là, ils eurent dans la maison vide une liaison amoureuse, ils n'ouvraient que de temps en temps à Rose, mais d'autres fois la laissaient carillonner.

Durant ce laps de temps, Teddy peignit un peu ; Sandy lui disait : « Tu me fais toujours ressembler à Jean Brodie. » Alors, il entreprit une toile nouvelle, mais rien ne changea.

Sandy lui demanda : « Pourquoi cette femme t'obsède-t-elle à ce point ? Tu ne vois donc pas qu'elle est ridicule ? »

Il répondit que si, qu'il voyait bien que Mlle Brodie était ridicule. Il ajouta : Sandy aurait-elle la bonté de cesser de le psychanalyser ? De la part d'une fille de dix-huit ans, ça n'était pas normal.

Mlle Brodie téléphona à Sandy de venir la voir au début de septembre. Elle rentrait d'Allemagne et d'Autriche, maintenant superbement organisées. Après la guerre, Mlle Brodie devait reconnaître devant Sandy, alors qu'elles se trouvaient assises à l'hôtel des Collines de Braid : « Hitler était, en effet, plutôt néfaste » ; mais à cette époque, tout imprégnée de ses voyages, elle avait la certitude absolue que le nouveau régime sauverait le monde. Sandy s'ennuyait : il ne lui paraissait pas nécessaire de sauver le monde, mais seulement de soulager les pauvres, dans les rues et les taudis d'Édimbourg. Mlle Brodie affirmait qu'il n'y aurait pas de guerre. Sandy ne l'avait jamais cru, de toute façon. Mlle Brodie en vint au fait : « Rose me dit que vous êtes devenue la maîtresse de Teddy Lloyd.

— Oui ; est-ce que ça a de l'importance, qu'il s'agisse de l'une ou l'autre d'entre nous ?

— Quelle mouche a bien pu vous piquer ? s'écria Mlle Brodie sur un ton fort écossais, comme si Sandy s'était dépossédée d'une livre de marmelade au profit d'un duc anglais.

— Il m'intéresse, répondit Sandy.

— Il vous intéresse, par exemple ! s'exclama Mlle Brodie. Une fille intelligente ! Une fille qui a de la pénétration ! Il est catholique ; alors, je ne vois pas comment vous pouvez avoir affaire à un homme incapable de penser par lui-même. Rose convenait. Rose a de l'instinct, mais pas de pénétration. »

Teddy Lloyd, dans ses tableaux, continuait à reproduire Jean Brodie. « Tu as de l'instinct, lui déclarait Sandy, mais pas de pénétration ; sinon, tu verrais que cette femme ne doit pas être prise au sérieux.

— Je le sais bien, qu'elle ne doit pas être prise au sérieux, répliqua-t-il. Tu as trop l'esprit d'analyse et tu es trop irascible pour ton âge. »

La famille étant de retour, leurs rencontres devenaient dangereusement palpitantes. Plus Sandy constatait que Teddy Lloyd était toujours amoureux de Jean Brodie, plus elle était curieuse de l'esprit qui aimait cette femme. Dès la fin de l'année, il advint que Sandy avait tout à fait cessé de s'intéresser à l'homme lui-même, mais se trouvait profondément absorbée par son esprit dont elle extrayait, entre autres choses, sa religion comme de sa coque une amande. L'esprit de Sandy était aussi empli de la religion de Teddy qu'un ciel nocturne est plein d'objets visibles et invisibles. Sandy quitta l'homme, adopta sa religion et, par la suite, se fit religieuse.

Mais cet automne-là, alors qu'elle sondait encore l'esprit qui imaginait Mlle Brodie sur une toile après l'autre, Sandy rencontra plusieurs fois Mlle Brodie. D'abord, cette dernière se montra seulement résignée à la liaison de Sandy avec le professeur de dessin. Bientôt, elle exulta et, bientôt encore, réclama des détails qu'elle n'obtint pas.

« Ses portraits me ressemblent toujours ? interrogea Mlle Brodie.

— Oui, beaucoup, répondit Sandy.

— En ce cas, tout va bien, dit Mlle Brodie. Et au bout du compte, Sandy, ajouta-t-elle, c'est vous qui êtes destinée à être la grande amoureuse ; pourtant, je ne l'aurais pas cru. La réalité dépasse la fiction. Pour Teddy je voulais Rose, je le reconnais ; et parfois j'ai regretté d'avoir poussé la jeune Joyce Emily à partir pour l'Espagne se battre pour Franco : elle aurait convenu à merveille à Teddy ; c'était une fille qui avait de l'instinct, une…

— Elle est allée se battre pour Franco ? s'enquit Sandy.

— Telle était son intention. Je lui avais fait entendre raison. Toutefois, elle n'a pas eu l'occasion de se battre du tout, la pauvre. »

Quand Sandy retourna voir, ainsi qu'on l'attendait d'elle, Mlle Mackay cet automne-là, la directrice dit à cette ancienne élève assez difficile, aux yeux anormalement petits : « Vous aurez un peu revu Mademoiselle Brodie, j'espère. Vous n'oubliez pas vos anciennes amies, j'espère.

— Je l'ai vue une ou deux fois, répondit Sandy.

— Je crains bien qu'elle n'ait fourré des idées dans vos jeunes têtes, dit Mlle Mackay avec un clin d'œil entendu qui signifiait que maintenant que Sandy avait quitté l'école, rien ne s'opposait plus à ce qu'elle parlât ouvertement des faits et gestes de Mlle Brodie.

— Oui, des tas d'idées, répondit Sandy.

— Je voudrais bien en connaître quelques-unes, insista Mlle Mackay, un peu affaissée et sincèrement soucieuse. Parce que ça continue, classe après classe, veux-je dire ; et maintenant, Mlle Brodie a formé un nouveau clan ; et elles sont si peu en harmonie avec le reste de l'école, ces fillettes du clan Brodie ! Elles sont précoces. Vous comprenez ce que je veux dire ?

— Oui, répondit Sandy. Mais vous ne serez pas en mesure d'épingler Mademoiselle Brodie à propos du sexe. Avez-vous pensé à la politique ? »

Mlle Mackay tourna son fauteuil de telle sorte qu'il se trouvât presque à angle droit avec celui de Sandy. Il s'agissait là d'une affaire sérieuse.

« Que voulez-vous dire, ma chère ? demanda-t-elle. J'ignorais qu'elle éprouvait de l'attrait pour la politique.

— Elle n'en éprouve pas, répondit Sandy ; simple intérêt secondaire. Elle est une fasciste née ; avez-vous pensé à cela ?

— J'interrogerai ses élèves à cet égard, afin de voir ce qu'il en sort, si c'est là ce que vous me conseillez, Sandy. Je n'avais pas la moindre idée que vous preniez aussi au sérieux les affaires mondiales, Sandy, et je suis plus que ravie…

— Je ne m'intéresse pas vraiment aux affaires mondiales, interrompit Sandy ; je veux seulement mettre un terme à Mademoiselle Brodie. »

Il sautait aux yeux que la directrice trouvait cela plutôt déplaisant de la part de Sandy. N'empêche qu'elle ne manqua pas de révéler à Mlle Brodie, le moment venu : « C'est une de vos propres élèves qui m'a donné le tuyau, l'une des filles de votre clan, mademoiselle Brodie. »

Sandy devait quitter Édimbourg à la fin de l'année ; et quand elle fit ses adieux aux Lloyd, elle promena dans l'atelier un regard circulaire sur les tableaux où elle n'avait pas réussi à mettre un terme à Mlle Brodie. Elle félicita Teddy Lloyd du caractère économique de sa méthode. Il la félicita du caractère économique de la sienne à elle, et Deirdre le regarda : que diable pouvait-il bien vouloir dire par là ? Sandy songea : s'il savait que j'ai mis un terme à Mlle Brodie, il me jugerait plus économe encore. Sandy était maintenant plus enragée de morale chrétienne que John Knox.

Mlle Brodie fut contrainte à prendre sa retraite à la fin du troisième trimestre 1939, pour la raison qu'elle avait enseigné le fascisme. Sandy, quand elle apprit la nouvelle, songea au défilé des troupes de Chemises noires, sur les images du mur. À cette époque, elle s'était convertie au catholicisme, au sein de quoi elle avait trouvé bon nombre de fascistes beaucoup moins agréables que Mlle Brodie.

« Bien sûr, écrivit celle-ci lorsqu'elle apprit à Sandy la nouvelle de sa retraite, cette question politique n'était qu'un prétexte. À maintes reprises, on avait tenté, sans y parvenir, d'apporter des preuves de mon immoralité personnelle. Mes élèves, en ces domaines, se sont toujours montrées pleines de réserve. C'était ma politique éducative à laquelle on se heurtait ; au cours de mes belles années, elle avait atteint sa perfection. Vous le savez, je me vouais à mes élèves. Mais on s'est servi comme d'une arme de ce prétexte politique. Ce qui plus que tout me blesse et m'étonne, c'est le fait, s'il faut en croire Mlle Mackay, que ce fut l'une des filles de mon propre petit clan qui m'a trahie et qui a déclenché l'enquête.

« Vous en serez stupéfaite. Si je puis vous parler de cela, c'est que vous, entre toutes les filles de mon petit noyau, êtes au-dessus de tout soupçon : vous n'aviez aucune *raison* de me trahir. En premier lieu, je pense à Mary Macgregor. Il est possible que Mary, dans sa stupidité d'esprit, ait nourri contre moi des griefs : il s'agit d'une jeune femme tellement exaspérante !... Je pense à Rose. Il est possible que Rose m'en voulait d'occuper la première place dans le cœur de Monsieur L... Eunice... Je ne puis croire qu'il ait pu s'agir d'Eunice ; et pourtant, il m'a souvent fallu m'opposer fermement à ses idées terre à terre. Elle voulait devenir éclaireuse, vous vous rappelez ? Elle éprouvait de l'attirance à l'égard de l'esprit d'équipe – se pourrait-il qu'Eunice m'en eût voulu ?... Et puis, il y a Jenny. Eh bien, vous connaissez Jenny, vous savez comment elle s'est éloignée, et n'a plus jamais été la même après avoir voulu être actrice. Elle est devenue si terne ! Croyez-vous qu'elle m'en ait voulu de lui déclarer qu'elle ne serait jamais une Fay Compton, et bien moins encore une Sybil Thorndike ?... Enfin, il y a Monica. Je suis à moitié encline à soupçonner Monica. Derrière le cerveau mathématique il y a très peu d'Âme ; il est donc possible que dans un accès de fureur contre cette Beauté, cette Vérité, cette Bonté qui se trouvaient hors de portée de Monica, elle se soit retournée contre moi pour me trahir.

« Vous, Sandy, ainsi que vous le constatez, je vous exempte de tout soupçon, étant donné que vous n'aviez pas la moindre raison de me trahir ; et même, vous avez eu la meilleure part de moi dans mes confidences et dans l'homme que j'aime. Réfléchissez, si vous le pouvez, sur l'identité possible de la coupable. Il me faut savoir laquelle d'entre vous m'a trahie… »

Sandy fit une réponse de pape énigmatique : « Si vous ne nous avez pas trahie, il est impossible que vous ayez pu l'être par nous. Le mot "trahie" ne s'applique pas… »

Elle reçut d'autres nouvelles de Mlle Brodie à l'époque de la mort de Mary Macgregor, quand cette fille courut çà et là dans l'incendie de l'hôtel, et s'y trouva prise au piège. « S'il s'agit d'un jugement divin porté contre la pauvre Mary pour m'avoir trahie, je suis bien certaine que je n'aurais pas souhaité… »

« Je crains fort, écrivit Jenny, que le bel âge de Mlle Brodie ne soit passé. Elle insiste sans arrêt sur son désir de savoir qui l'a trahie. Ça ne ressemble pas du tout à l'ancienne Mademoiselle Brodie ; elle a toujours été si pleine de combativité ! »

Après la mort de Mlle Brodie, sa mémoire et son nom voletèrent de bouche en bouche ainsi que des hirondelles en été ; l'hiver suivant, elles étaient parties. C'était toujours en été que le clan Brodie allait voir Sandy : le couvent se trouvait en pleine campagne.

Quand Jenny se rendit auprès de Sandy, qui portait maintenant le nom de sœur Helena de la Transfiguration, elle lui parla de son coup de foudre, à Rome, et lui déclara que cet amour était sans issue. « Cette histoire aurait bien plu à Mademoiselle Brodie, pécheresse comme elle l'était, ajouta-t-elle.

— Oh ! elle était tout à fait innocente à sa manière », répliqua Sandy, agrippée aux barreaux de la grille.

Eunice, quand elle vint, dit à Sandy : « Nous étions au festival d'Édimbourg, l'an dernier. J'ai trouvé la tombe de Mademoiselle Brodie, je l'ai fleurie. J'ai raconté à mon mari toutes les histoires sur elle, assise sous l'orme et ainsi de suite ; il trouve qu'elle était merveilleusement drôle.

— Elle l'était en effet, quand on y pense.

— Oui, elle l'était, dit Eunice, quand elle se trouvait dans ses belles années. »

Monica revint. « Avant sa mort, révéla-t-elle, Mademoiselle Brodie croyait que c'était toi qui l'avais trahie.

— On ne peut trahir que là où le loyalisme est dû, fit observer Sandy.

— Eh bien, n'était-il pas dû à Mademoiselle Brodie ?

— Uniquement jusqu'à un certain point », répondit Sandy.

Enfin, il y eut ce jour où le jeune homme plein de curiosité vint voir Sandy à cause de son étrange ouvrage de psychologie, *La Transfiguration du lieu commun*, ouvrage qui avait amené de si nombreux visiteurs que Sandy s'agrippait aux barreaux de sa grille plus désespérément que jamais.

« Quelles ont été les influences majeures de vos années d'école, sœur Helena ? Ont-elles été d'ordre littéraire, politique ou personnel ? Était-ce le calvinisme ? »

Et Sandy répondit : « Il y avait une certaine Mademoiselle Jean Brodie en son bel âge… »

Pavillons Poche

Titres parus

Peter Ackroyd
Un puritain au paradis

Woody Allen
Destins tordus

Niccolò Ammaniti
Et je t'emmène

Sherwood Anderson
Le Triomphe de l'œuf

Margaret Atwood
Faire surface
La Femme comestible
Mort en lisière
Œil-de-chat
La Servante écarlate
La Vie avant l'homme
Neuf contes

Dorothy Baker
Cassandra au mariage

Nicholson Baker
À servir chambré
La Mezzanine

Ulrich Becher
La Chasse à la marmotte

Saul Bellow
La Bellarosa connection
Le Cœur à bout de souffle
Un larcin

Robert Benchley
Le Supplice des week-ends

Adolfo Bioy Casares
Journal de la guerre au cochon
Le Héros des femmes
Un champion fragile

Nouvelles fantastiques
Nouvelles d'amour
Dormir au soleil

William Peter Blatty
L'Exorciste

Jorge Luis Borges, Adolfo Bioy Casares
Chroniques de Bustos Domecq
Nouveaux Contes de Bustos Domecq
Six problèmes pour Don Isidro Parodi

Mikhaïl Boulgakov
Le Maître et Marguerite
Le Roman théâtral
La Garde blanche

Vitaliano Brancati
Le Bel Antonio

Emily Brontë
Les Hauts de Hurle-Vent

Anthony Burgess
L'Orange mécanique
Le Testament de l'orange
Les Puissances des ténèbres

Dino Buzzati
Bestiaire magique
Le régiment part à l'aube
Nous sommes au regret de…
Un amour
En ce moment précis
Bàrnabo des montagnes
Panique à la Scala
Chroniques terrestres
Nouvelles oubliées
Nouvelles inquiètes

Lewis Carroll
Les Aventures d'Alice sous terre

Michael Chabon
Les Mystères de Pittsburgh
Les Loups-garous dans leur jeunesse
La Solution finale

Upamanyu Chatterjee
Les Après-midi d'un fonctionnaire très déjanté
La Vengeance du carnivore

Susanna Clarke
Les Dames de Grâce Adieu

Collectif
Rome, escapades littéraires
Saint-Pétersbourg, escapades littéraires
Berlin, escapades littéraires
New York, escapades littéraires
Londres, escapades littéraires
Moscou, escapades littéraires
Paris, escapades littéraires
Naples, escapades littéraires
Madrid, escapades littéraires
Séville, escapades littéraires
Rencontres avec le diable, petite anthologie de la peur
Lisbonne, escapades littéraires
Barcelone, escapades littéraires
La Sicile, petite anthologie d'escapades littéraire

John Collier
Le Mari de la guenon

Sir Arthur Conan Doyle
Sherlock Holmes : son dernier coup d'archet

William Corlett
Deux garçons bien sous tous rapports

Avery Corman
Kramer contre Kramer

Helen DeWitt
Le Dernier Samouraï

Joan Didion
Maria avec et sans rien
Un livre de raison
Démocratie

E. L. Doctorow
Ragtime

Roddy Doyle
La femme qui se cognait dans les portes
The Commitments
The Snapper
The Van
Paula Spencer

Andre Dubus III
La Maison des sables et des brumes

Lawrence Durrell
Affaires urgentes

F. Scott Fitzgerald
Un diamant gros comme le Ritz

Zelda Fitzgerald
Accordez-moi cette valse

E. M. Forster
Avec vue sur l'Arno
Arctic Summer

Carlo Fruttero et Franco Lucentini
L'Amant sans domicile fixe

Charlotte Perkins Gilman
Herland

Graham Greene
Les Comédiens
La Saison des pluies
Le Capitaine et l'Ennemi
Rocher de Brighton
Dr Fischer de Genève
Tueur à gages
Monsignor Quichotte
Mr Lever court sa chance, nouvelles complètes 1
L'homme qui vola la tour Eiffel, nouvelles complètes 2
Un Américain bien tranquille
La Fin d'une liaison
Voyages avec ma tante
Le Fond du problème
Le Facteur humain

La Puissance et la Gloire
Le Troisième Homme

Kent Haruf
Colorado Blues
Le Chant des plaines
Les Gens de Holt County
Nos âmes la nuit

Jerry Hopkins et Daniel Sugerman
Personne ne sortira d'ici vivant

Bohumil Hrabal
Une trop bruyante solitude
Moi qui ai servi le roi d'Angleterre
Rencontres et visites
Les Noces dans la maison

Henry James
Voyage en France
La Coupe d'or

Erica Jong
Le Complexe d'Icare

Thomas Keneally
La Liste de Schindler

Janusz Korczak
Journal du ghetto

Jaan Kross
Le Fou du tzar

Jhumpa Lahiri
Longues distances

D. H. Lawrence
Le Serpent à plumes

John Lennon
En flagrant délire

Siegfried Lenz
La Leçon d'allemand
Le Dernier Bateau

Une minute de silence
Le Bureau des objets trouvés

Primo Levi
Conversations et entretiens
Maintenant ou jamais

Ira Levin
Le Fils de Rosemary
Rosemary's Baby

Tessa de Loo
Les Jumelles

Norman Mailer
Le Chant du bourreau
Bivouac sur la lune
Les vrais durs ne dansent pas
Mémoires imaginaires de Marilyn
Morceaux de bravoure
Prisonnier du sexe

Dacia Maraini
La Vie silencieuse de Marianna Ucrìa

Guillermo Martínez
Mathématique du crime
La Mort lente de Luciana B
La Vérité sur Gustavo Roderer

Tomás Eloy Martínez
Santa Evita
Le Roman de Perón

Richard Mason
17 Kingsley Gardens

Somerset Maugham
Les Trois Grosses Dames d'Antibes
Madame la Colonelle
Mr Ashenden, agent secret
Les Quatre Hollandais

James A. Michener
La Source

Arthur Miller
Ils étaient tous mes fils

Les Sorcières de Salem
Mort d'un commis voyageur
Les Misfits
Focus
Enchanté de vous connaître
Une fille quelconque
Vu du pont *suivi de* Je me souviens de deux lundis

Pamela Moore
Chocolates for breakfast

Daniel Moyano
Le Livre des navires et bourrasques

Geoff Nicholson
Comment j'ai raté mes vacances

Joseph O'Connor
À l'irlandaise

Pa Kin
Le Jardin du repos

Katherine Anne Porter
L'Arbre de Judée

Janice Pariat
Variations d'un cœur

Mario Puzo
Le Parrain
La Famille Corleone *(avec Ed Falco)*

Mario Rigoni Stern
Les Saisons de Giacomo

Saki
Le Cheval impossible
L'Insupportable Bassington
La Fenêtre ouverte

J. D. Salinger
Dressez haut la poutre maîtresse, charpentiers,
suivi de Seymour, une introduction
Franny et Zooey
L'Attrape-cœurs
Nouvelles

L'Attrape-cœurs *(bilingue)*

Roberto Saviano
Le Contraire de la mort *(bilingue)*

William Shakespeare
Roméo et Juliette *(bilingue)*
Othello *(bilingue)*
Hamlet *(bilingue)*

Sam Shepard
Balades au paradis
À mi-chemin

Robert Silverberg
Les Monades urbaines
Le Château de Lord Valentin
Chroniques de Majipoor
Valentin de Majipoor
L'Homme stochastique
Roma Æterna
Shadrak dans la fournaise

Johannes Mario Simmel
On n'a pas toujours du caviar

Alexandre Soljenitsyne
Le Premier Cercle
Zacharie l'Escarcelle
La Maison de Matriona
Une journée d'Ivan Denissovitch
Le Pavillon des cancéreux

Tom Spanbauer
Dans la ville des chasseurs solitaires

Robert Louis Stevenson
L'Étrange cas du Dr Jekyll et de Mr Hyde

Quentin Tarantino
Inglourious Basterds

Edith Templeton
Gordon

Hunter S. Thompson
Gonzo Highway

James Thurber
La Vie secrète de Walter Mitty

Olga Tokarczuk
Dieu, le temps, les hommes et les anges

John Kennedy Toole
La Bible de néon

John Updike
Jour de fête à l'hospice

Alice Walker
La Couleur pourpre

Evelyn Waugh
Retour à Brideshead
Grandeur et décadence
Le Cher Disparu
Scoop
Une poignée de cendres
Ces corps vils
Hommes en armes
Officiers et gentlemen
La Capitulation
Hissez le grand pavois
Diablerie

Rebecca West
La Famille Aubrey

Tennessee Williams
Le Boxeur manchot
Sucre d'orge
Le Poulet tueur et la folle honteuse
Un tramway nommé Désir
La Chatte sur un toit brûlant
La Ménagerie de verre

Tom Wolfe
Embuscade à Fort Bragg

Virginia Woolf
Lectures intimes

Richard Yates
La Fenêtre panoramique
Onze histoires de solitude

Easter Parade
Un été à Cold Spring
Menteurs amoureux
Un dernier moment de folie
Un destin d'exception

Stefan Zweig

Lettre d'une inconnue *suivi de* Trois nouvelles de jeunesse
La Peur
Le Joueur d'échecs
La Confusion des sentiments
Amok *suivi de* La Ruelle au clair de lune

Titres à paraître

Stefan Zweig

Seuls les vivants créent le monde

Tennessee Williams

Soudain l'été dernier

Owen Chase

Récit de l'extraordinaire et affligeant naufrage
du baleinier Essex

Composition et mise en pages
Nord Compo à Villeneuve-d'Ascq

Imprimé en Espagne par
Liberdúplex
à Sant Llorenç d'Hortons (Barcelone)
en août 2020

N° d'édition : 60398/01 – N° d'impression : 85406